KB273800

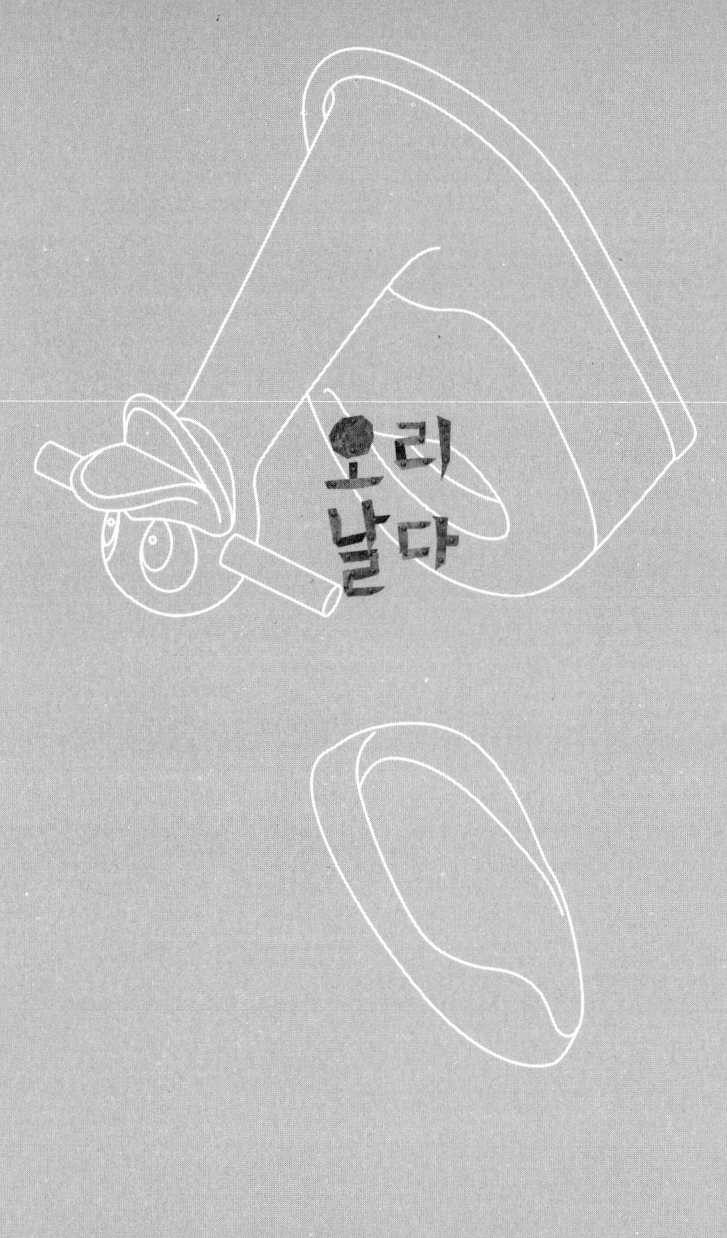
오리
날다

오리 날다

1판 1쇄 발행 2013년 6월 20일

지은이 신수원
펴낸이 김찬

펴낸곳 도서출판 아고라
출판등록 제2005-8호(2005년 2월 22일)
주소 경기도 파주시 와석순환로 347 101동 504호
전화 031-948-0510
팩스 031-948-4018
홈페이지 www.agorabook.co.kr

＊책값은 뒤표지에 있습니다.

한겨레21 손바닥문학상 수상작

오리 날다

신수원 소설집

AGORA

차
례

오리 날다

1

똥을 담은 바구니가 휘청휘청 줄을 타고 내려가고 있다. 어젯밤 몸 밖으로 밀어낸 배설물을 담은 바구니는 줄 끝에 매달려 허공에서 바람을 따라 겅중거렸다. ○○역 광장 지상 삼십오 미터 폐쇄 회로 탑 철제 난간에 길게 걸린 비정규직 철폐 현수막이 퍼드득 소리를 냈다. 공중에는 늘 크고 작은 바람이 지나다녔다. 고공을 가르는 바람에 탑 철제 난간이 둔중하게 흔들렸다. 흔들림이 발에 전해지면서 바닥에 깔린 스티로폼이 푹 꺼지는 착각이 일었다. 곧바로 온몸을 전율처럼 감싸는 현기증이 뒤따랐다. 나는 허리에 닿아 있는 위쪽 난간을 힘주어 잡고 몸의 중심을 유지했다.

폐쇄 회로 탑 굵은 시멘트 기둥 한편의 철제 사다리를 따라 꼭대기에 오르면 기둥을 빙 둘러 난간이 설치되어 있었다. 폐쇄 회로 점검을 위한 이 공간은 겨우 쪼그리고 앉을 수 있을 정도로 좁았고, 몸이 빠지지 않을 정도의 간격으로 허리 높이의 난간을 세운 것이 시설의 전부였다. 난간 밑으로 십자가에 달려 있는 예수처럼 늘어진 현수막이 보였다.

철제 난간을 붙잡고 서서 바구니가 무사히 역 광장에 있는 동료들에게 도착하는 것을 지켜본다. 광장을 바쁘게 오가는 사람들이 간혹 걸음을 멈추고 고개를 들어 두레박처럼 매달려 내려가는 바구니를 올려다보았다. 똥 바구니는 무사히 땅에 안착해서 치워졌다. 동료들은 변기를 통째로 내려달라고 했다. 변기를 받아 내려 깨끗이 닦아서 식사를 공수하듯이 매번 올려주기 위해 그것만을 담당하는 동료까지 정해졌지만 나는 동의하지 않았다. 한두 번으로 끝날 일도 아니고 매일 동료가 내 대소변을 치우게 하는 것은 공중에서 잠을 자고 하루를 견디는 것보다 불편한 일이었다.

바구니를 받아 내리는 동료들이 배설물에 직접 손을 대지 않도록 나는 날마다 일정한 규칙으로 치러지는 의식처럼 배설물을 정성 들여 처리했다. 신문지로 여러 겹 꼭꼭 싸매고 돌돌 말아 다시 비닐에 넣어서 내려보냈다. 그마저도 마음이 놓이지 않아 매일 아침 바구니가 무사히 땅에 닿아 쓰레기 봉지에 들어갈 때까지 난간 앞에 선 채 땅으로 향한 시선을 거두지 못했다. 아침마다 귀한 연인을 배웅하는 사람처럼 망연히 서서 똥을 담은 검은 비닐봉지가 쓰레기 무더기에 묻혀 사라지는 것을 확인하고서야 안심을 했다.

아침 여덟 시 철탑 아래 광장에서는 여느 때처럼 수많은 사람들이 바삐 발걸음을 재촉하고 있었다. 오늘 모인 출투 대오는 여섯이었다. 대오라는 표현이 옹색한 인원이었지만 우리는 그렇게 말했다. 매일 출근 시간에 맞춰 공장 정문으로 출근 투쟁을 나가기 전에 내가 있는 ○○역 광장의 폐쇄 회로 탑 아래에서 사전 집결을 했다. 동료들의 얼굴을 일일이 살필 수는 없지만 참여하는 사람은 빤했다. 해고된 후 시간이 지날수록 점차 참여 인원이 줄었다. 핸드폰 문자 한 통으로 해고 통지를 받았을 때 생겼던 크고 강한 분노와 정의감은 시간 앞에서 한없이 초라하고 무력해졌다.

최소의 생활비로 쓸 돈은 한두 달 만에 바닥을 드러냈고 쌓여가는 연체 고지서의 압박과 앞날의 불안 앞에서 해고로 입은 자존심의 상처를 돌아보는 것은 사치스러운 일이 되었다. 작은 힘이라도 한 목소리로 단결해야 한다는 구호와 약속을 뒤로한 채 동료들은 일용직이든 파트타임이든 일할 수 있는 곳을 찾아 흩어졌고 대오는 점점 줄었다.

원숙이가 손을 흔들었다.

"언니, 저 왔어요."

오랜만에 듣는 목소리였다. 원숙이는 하청라인 일용직으로 나가고 있었다. 하청 생산라인에서 생기는 당일 결원을 대체하는 일종의 스페어 인력이었다. 갑자기 사정이 생겨 출근을 못 했거나 휴가를 낸 직원 대신 일하고 일당을 받았다. 아침 일찍 라인이 돌아가기 전에 현장에 도착해서 대기하고 있다가 결원이 있으면 라인에 투입이 되어 일당을 벌 수 있지만 허탕일 때도 많았다. 막노동 인력시장에서 일거리가 주어지는 방식과 비슷했지만 따져보면 그보다 못한 조건이었다. 원숙이가 소속된 인력회사와 배당된 하청별로 인력을 실어다주는 곳이 각각 달라 관리 명목으로 일당의 일부를 떼어갔다. 하청라인에서 일하는 정규직과 비정규직보다 적은 원숙이의 일당은 막노동 인력시장에 비해 훨씬 많은 중간 손들을 거치고 난 뒤 원숙이에게 전해졌으므로 턱없이 적을 수밖에 없었다. 나는 양손을 흔드는 것으로 원숙이에게 반가움을 표했다. 원숙이가 한 손을 귀에 대며 나중에 통화하자는 뜻을 전했다.

"그래, 알았어."

내가 원숙이에게 큰 소리로 대답하자 동료들이 손을 모아 입에 대고 하늘을 향해 외쳤다.

"그 동네 오늘 공기는 어떻습니까. 간밤에 춥지는 않으셨어요."

"높은 동네는 살 만합니다. 좋아, 바람이 차긴 한데 아직은 괜찮습니다."

손을 흔들면서 지하철역을 지나는 사람들이 다 들을 수 있도록 또박또박 큰 소리로 답했다. 흔드는 손을 따라 윗옷이 가슴께까지 부풀며 바람에 들썩였다.

　여전히 봐주는 사람은 없었다. 지상 삼십오 미터의 처연한 생존 방식도 사람들의 무관심과 망각을 이길 수는 없었다. 광장을 지나는 사람들은 출근길을 서두를 뿐 한 달 가까이 매일 같은 시간에 일어나는 똑같은 풍경에 아무런 흥미를 보이지 않았다. 오랜 투쟁은 구경거리조차 되지 못했다. 다 그렇게 사는 거라며 까다롭게 굴지 말고 체념하라는 욕설은 관심이었으므로 차라리 달았다. 견디기 어려운 것은 누구에게도 관심을 받지 못하는 고립감이었다. 철저한 무관심은 거액의 보상금을 노리는 짓이라는 오해나 동료들의 배반보다 예리한 칼날이 되어 가슴을 후비고 깊은 상처를 남겼다.

2

똥이 담긴 바구니를 내려보내고 오늘 필요한 생필품과 식사가 담긴 바구니를 받았다. 공수 작업이 끝나자 그나마 고개를 들어 힐끗 봐주던 사람들의 눈길도 없어졌다. 사람들은 시설물에 붙은 얼마간 불편을 주겠다는 공사 중 팻말을 보는 것처럼 탑 아래 광장을 덤덤히 지나쳤다. 난간에 서 있는 내 모습은 바구니에 담겨 내려가는 똥만큼도 사람들의 관심을 끌지 못했다. 쓴 입맛을 다시며 난간을 잡고 멀리 뿌연 하늘을 바라보았다. 지하철역 너머로 보이는 하늘은 언제나 스모그가 끼어 있었다. 스모그를 뚫고 하루를 밝히는 해가 힘겹게 빛을 발했다. 다른 날보다 힘을 쓰지 못하고 있는 햇살은 어정쩡하게 회색 하늘에 가려져 있었다. 탑에서 맞는 해는 따갑고 길었다. 오늘 낮 동안은 강렬한 땡볕을 피할 수 있으리라는 기대를 하며 고개를 뒤로 젖혔다. 가벼운 현기증이 일었다. 반사적으로 난간을 잡고 있던 손에 힘을 주었다. 삼복더위가 지나고 탑에 올라온 것이 다행이었다. 한여름과 기온은 같아도 구월의 바람과 볕은 아침저녁으로 많이 달라지고 있었다. 허리와 등줄기가 뻐근했다. 광장의 천막 주변으로 경찰차가 상주하고 있었고 사업장 담당 이 형사가 무전기를 들고 한가로이 동료들 사이를 맴도는 것이 보였다.

간혹 사람들은 연인의 변심이나 구직의 어려움에 분노하여 즉흥적으로 한강 다리 위에 올라가 자살 시위를 하는 사람을 볼 때처럼 무모하다며 혀를 차며 지나갔다. 이 년 반이 넘도록 온갖 방법으로 진행한 농성과 항의는 사람들에게 그러려니 하는 익숙함만을 던져주어 아무런 충격이 되지 못했다. 세상의 관심과 사람들의 눈길을 한 번만이라도 붙잡아보자고 안 해본 노릇이 없었다. 아침마다 공장 문 앞으로 가서 눈비를 맞으며 노래를 부르고 구호를 외치며 하루를 시작했고 근처 사업장이나 버스 정류장 또는 지하철역에서 카드대출 사채 전단을 뿌리는 사람들과 섞여 뿌린 홍보 전단이 수십만 장이었다. 사람들의 관심을 끌고 억울한 사정을 알리려고 탈진을 해서 병원에 실려갈 때까지 단식을 한 적도 있었다. 목숨을 건 일이었지만 단식으로 얻은 세상의 반응은 신문 칼럼 두 편과 정말 죽을 각오를 했으면 쇼하지 말고 죽어보라는 노조 홈페이지에 올라온 댓글이었다.

밥 먹듯이 경찰서로 연행이 되었다. 전경 두 사람이 사지를 들면 힘이 부쳐 단 몇 초도 버티지 못하고 경찰 버스에 짐짝

처럼 실렸다. 내 몸을 내 뜻대로 할 수 없는 무기력함은 참담
했다. 전경 버스에 실려 수도권 아무 곳에나 버려졌다. 주위
를 둘러보면 논밭만 있는 이름도 모르는 곳이기도 했고 거대
한 쓰레기 매립지이기도 했다. 달랑 들려가는 연행을 저지하
고 조금이라도 더 버텨보려고 쇠사슬로 서로의 몸을 엮어 고
정시키고 사람들이 많이 지나다니는 육교와 지하철역에서
연좌농성을 할 때였다. 지나가던 대여섯 살배기 아이가 엄마
에게 물었다.

"엄마, 저 사람들 왜 저래?"

몹쓸 것을 보기라도 했다는 듯 애엄마가 아이 얼굴을 가
렸다.

"너도 공부 안 하면 저렇게 돼. 알았지? 얼른 가자."

손을 채잡은 엄마에게 이끌려가며 아이는 고개를 돌려 자
꾸만 우리를 돌아보았다. 아이가 보인 관심을 무용담 삼아 그
날 하루를 얘기 나눌 만큼 우리는 세상의 관심에 목말라했다.

일과 중 가장 힘겨운 것은 배설 행위였다. 먹고 싸는 일이
이렇게까지 구차스러운 적이 없었다. 몸을 돌리기도 좁은 공
간에서 대소변을 코앞에 놓고 치우다 보면 어쩔 수 없이 그것
들의 세세한 정황을 알게 되었다. 화장실에서 일을 보고 물을
내릴 때와는 천지 차이였다. 변의 굵기와 냄새는 물론 색깔과

묽기까지 일일이 오감을 자극했다. 싫다고 피할 수도 빠르게 서두를 수도 대충 처리할 수도 없을 정도로 공간은 좁았다. 고개를 돌리는 간단한 몸놀림도 쉽게 하기 어려웠다. 난간 밖으로 떨어지면 무엇이든 끝이었다. 다시 주워 담거나 회복하는 것은 불가능했다. 한정된 고공의 공간은 같은 속도의 조심스러운 몸가짐과 움직임만을 허락했다. 마치 정해진 법칙대로만 움직이는 제의에 임하는 것 같은 엄숙함이 요구되었다. 밥을 먹는 것과 잠을 자는 것부터 배변에 이르기까지 모든 활동에서 가장 중요한 것은 한결같은 속도와 침착함이었다.

나는 아이들이 사용하는 오리변기에 앉아 신문지를 깔고 일을 보았다. 삼십오 미터 고공에서 오리변기에 앉아 배설하는 일은 시간이 지나도 익숙한 일상이 되지 못했고 매번 낯설었다. 집을 벗어난 환경만으로도 변비에 걸리기 일쑤인 과민성 대장을 생각하면 공중에서 더구나 사방이 개방되어 있는 곳에서 배설이 가능하다는 것만으로도 감사할 일이었다. 난간 바닥에는 스티로폼을 깔고 그 테두리를 따라 현수막을 둘러 가리개 삼고 있었지만 엉덩이를 까고 내 속에서 무언가가 쑤욱 빠지게 하기 위해 힘을 주고 기다리는 작업은 곤욕스러웠다. 변기에 앉아 있을 때 강한 바람이라도 불면 흔들리는 탑의 진동을 느끼며 이미 시작된 배변을 순조롭게 마무리하지 못해 쩔쩔맸다. 철제 난간을 붙잡고 일 초라도 빨리 그 상황에서 벗어나려고 나도 모르게 헛힘을 주고 또 주었다. 그럴 때면 밀폐된 보통의 화장실에서의 배변이 눈물겹게 그리웠다. 밀폐된 공간을 갈구하며 눈을 감아 나를 밀폐시켰다. 오리변기를 타고 앉아 지상 삼십오 미터의 공기를 맡으며 눈을 감고 힘을 주고 또 주노라면 현기증이 일어 난간을 잡은 손에 더욱 힘을 꽉 주어야 했다.

식사와 물수건, 생수 등이 담겨 올라온 바구니의 내용물을 차례대로 정리했다. 입 안이 까끌거렸다. 생수를 따서 입 안 가득 한 모금 마셨다. 탑 기둥에 등을 기대고 앉았다. 아침 해가 가려져 하늘이 흐렸다. 동료들은 계열사 앞과 국회 앞에서의 오전 오후 농성 일정을 소화하기 위해 지하철역으로 향하고 있었다. 바구니에 담긴 물수건으로 얼굴과 손을 닦았다. 하얀 물수건이 새카맣게 변했다. 도심의 지하철역 하늘 가운데를 지나는 공기는 탁하고 검었다. 바람이 잦은 날은 목구멍이 칼칼해 한낮의 더위가 사라지면 마스크를 한 채 밤을 보내기도 했다. 날이 밝은 후 마스크 바깥쪽을 보면 지하철역의 하늘처럼 진한 회색이 되어 있었다.

뒷물을 하고 속옷을 갈아입고 싶었다. 고공 농성을 하겠다고 나섰을 때 의식주의 어려움들을 예상하지 못한 것은 아니었다. 나름대로 치밀한 대비를 하고 마음의 준비를 다졌다. 고공에서 잠을 자고 일과를 보내는 것 다 좋았다. 예상한 어려움이기 때문이었다. 씻지 못하는 것도 별 문제가 아니었다. 둔감해지지 않는 것은 배설과 속옷을 갈아입는 정도였다. 팬티를 벗을 때면 아래에서 누가 보는 것은 아닐까 싶은 불안감과 가랑이 사이 생살에 닿는 바람이 싫었다. 이래저래 불편해서 갈아입기를 미룬 팬티 안쪽에는 분비물이 체온에 굳어 구덕구덕 코딱지처럼 켜를 만들기도 했다.

3

서울로 처음 왔을 때가 열일곱이었다. 언니는 중학교 문턱도 가보지 못하고 구로공단 근처에 자리를 잡았다. 아버지는 나를 언니에게 올려보냈다. 언니와 함께 지내던 가리봉 사글세방을 사람들은 닭장집이라고 불렀다. 하지만 나는 아기자기한 언니의 자취 살림과 냄새가 좋은 스킨로션을 매일 바르는 것이 좋았다. 시골에 비해 비좁고 답답했지만 모든 게 편리한 곳이었다. 다만 불편한 것은 화장실이었다. 출근 시간이 같은 사람들은 배설을 하는 시간도 거의 일치했다. 아침에 조금 일찍 일어나서 일을 보면 되겠다 했지만 그런 생각을 하는 사람 또한 그 집에 사는 사람의 삼분의 일은 되는 셈이어서 일찍부터 화장실 앞은 꼬리를 물고 줄이 이어져 있었다. 겨우 줄을 서서 들어가면 앞사람이 본 배설물의 냄새를 고스란히 맡아야 했다. 식구들이 비위가 좋다고 인정한 내 속도 뒤집을 정도였다. 그렇게라도 일을 무사히 치르는 아침은 행운이었고 줄의 길이가 같아도 성격 느긋한 누군가가 앞에서 오래도

록 나오지 않으면 화장실 진입을 포기하고 출근을 서둘러야
했다.

언니 소개로 들어간 공장은 모든 게 신기했다. 반듯하게 잘
라진 가죽들이 미싱을 순서대로 지나고 기계 두어 개를 거치
면 별의별 모양의 가방으로 뚝딱 만들어졌다. 나는 미싱 다이
두 개를 오가며 실밥을 따고 이어진 물건들을 낱개로 챙기고
다음 미싱으로 옮겨 정리해주는 일을 했다. 종일 쪽가위를 사
용하느라 엄지 손끝이 짓무르고 파스를 붙여야 할 정도로 손
목이 아팠지만 신기하고 재미있었다. 출근하면 잠깐 사이 점
심시간이 되었고 금방 퇴근 벨이 울렸다. 이어지는 잔업과 야
근이 고됐지만 수당을 생각하면 별것 아니었다. 어차피 일찍
집에 가도 텔레비전을 보는 것밖에는 하는 일도 없었다.

공장에서도 문제는 화장실이었다. 점심시간에는 화장실마
다 사람이 들어차 있어서 줄을 서도 시간 내에 들어갈 수가
없었고 작업 시간에 화장실을 가는 것은 엄격하게 금지하고
있었다. 급하게 미싱사 언니에게 얘기하고 가더라도 반장에
게 걸리면 본보기로 혼쭐이 났다. 소변을 보고 오는 것도 힘
든데 큰 볼일은 꿈도 꿀 수 없었다. 집에서는 공동 화장실에
서 공장에서는 작업 시간과 전쟁을 치르느라 사나흘에 한 번
변을 보기도 편치 않은 날들의 연속이었다.

소변은 방에 딸려 있는 작은 부엌 하수구에서 해결했다. 하

수구를 향해 쪼그려 앉으면 낡은 싱크대 밑둥이 엉덩이에 닿을 만큼 좁은 부엌이었다. 더운 오줌 김이 모락모락 올라오는 것을 보고 있으면 아무도 없는 부엌의 찬장과 물건들이 알엉덩이를 쳐다보고 있는 것 같았다. 한쪽 팔을 다 뻗을 수 없는 좁은 공간에서 쌀을 씻고 설거지를 하고 오줌을 쌌다. 언니는 오줌을 눌 때마다 호스를 대고 빗자루로 부엌 바닥을 씻어 내리라고 했지만 나는 슬쩍 물만 흘려보내고 그만이었다. 수채구멍을 드나드는 시커먼 쥐가 지린내를 맡고 불쑥 튀어나올 것만 같아 아랫도리를 치키며 후다닥 방으로 들어왔다.

언니가 형부와 결혼을 해서 자리를 잡은 곳이 독산동이었다. 나는 따로 동생과 독산동의 반지하 방으로 사는 곳을 옮겼다. 가방 공장에서 몇 차례 공장을 옮기는 동안 나는 전자부품을 조립하는 비정규직이 되어 있었다. 내가 원해서 직장을 옮긴 적은 한 번도 없었다. 공장이 문을 닫거나 중국으로 생산라인을 이전하기도 했다. 계열사 공장을 모두 합병하면서 감원 대상이 되어 쫓겨나는 신세가 된 적도 있었다. 동생과 살게 된 반지하 전셋집은 주인집을 빼고 네 가구가 화장실을 함께 사용했다. 언니와 살던 닭장집에서 그랬던 것처럼 동생과 나는 소변 정도는 부엌에서 해결했다.

“언니 어떡하죠. 일 터졌어요.”

"왜, 원숙아."

"사람들 전부 연행되었는데요. 다치고 병원이랑 경찰서에 있대요. 저밖에 없으니까 가봐야 할 것 같거든요. 여기는 단체 분들한테 연락을 드렸으니까 온다고 했는데요."

"그래 알았어. 침착하게."

"단체 사람들 올 때까지 기다려야 하는지 언니 혼자 있어도 괜찮은지, 어떻게 해야 할지 모르겠어요. 경찰서 두 군데에 나뉘어 있대요. 거기 다 가봐야 하고 병원도 그렇고."

"그래, 염려하지 말고 네가 얼른 가서 뒷일 봐야겠다. 내 걱정은 할 거 없어. 얼마나 다쳤는지 여기서도 연락해볼게. 중간중간 꼭 연락 주고."

원숙이는 통화를 하면서도 천막에서 나와 탑을 올려다보며 말했고 나도 일어서서 한 손으로 난간을 붙잡고 나머지 손에 핸드폰을 들고 말했다. 바람 소리가 들어가 핸드폰에서 쇳소리가 났다. 남아 있는 사람이 십여 명이 넘지만 이런저런 사정으로 빠지고 나면 대여섯 명에서 서너 명이 일정에 참여하는 상황에서 몽땅 연행이 되었다면 연락을 취하고 일을 수습하는 것만으로도 원숙이 한 명으로는 부족할 것이다. 회사와 경찰은 우리의 인원이 줄어들면서 전원 연행을 하며 대오를 자극하는 일보다는 무반응으로 일관하며 방치했었다. 전원 연행은 불안한 조짐이었다. 뿌옇게 노을이 지는 하늘을 배경으로 기다란 전철이 요란한 신호음을 앞세우고 역에 들어서고 있었다. 전철이 들어올 때마다 그 속도와 무게가 탑에 전해져 흔들렸다.

단체에서 온다는 사람들은 날이 어두워질 때까지 오지 않았고 원숙이는 사십팔 시간 내에 동료들이 풀려날 것이라는 연락을 해왔다. 그 사이 한 번 먹을 분량만을 남기고 생수를 마셨고 간식으로 초코파이 하나를 먹었다. 오리변기에서 소변을 두 차례 보았고 페트병에 그것을 따르는 의식을 무사히 치렀다. 여름이 지나고 있었지만 해가 지면 지상 삼십오 미터 고공은 지상과 비교되지 않을 정도로 바람이 차가웠다. 겨울용 파커를 걸치고 지퍼를 여몄다. 역 광장에는 아무도 없는 깜깜한 천막이 스산하게 버티고 있었다. 동료들은 오늘 풀려나오기 어려운 모양이었다. 퇴근 시간에 맞춰 오겠다고 연락을 했던 단체에서는 아직 아무도 오지 않았다. 텅 비어 있는 천막 주위로 사복형사 한 사람이 차에서 나와 어슬렁거리는 모습이 보였다.

배가 고팠지만 한 끼쯤 안 먹는다고 큰일 날 것은 없었다. 경찰서와 병원에 실려가 있는 동료들을 생각하면 여기서 한가로이 제때 식사를 하고 있는 것도 미안할 노릇이었다. 동료들이 극성스러우리만큼 챙겨대지 않는다면 나는 하루 한 끼 정도만 먹으면서 이곳에 있고 싶었다. 괴로운 배변의 횟수도 삼분의 일로 줄어들 것이기 때문이었다. 그러나 먹고 사는 것을 삶의 중요한 가치로 생각하는 동료들이 허락할 리 없으므로 나는 아예 그런 내색을 하지 않았다. 서로 정해진 지침을 충실하게 따르는 것이 동료들을 번거롭게 하지 않고 수고를 덜어주는 일이라고 생각했다.

식사의 횟수가 아니라 양을 줄여본 적도 있었다. 식사를 남기자 천막의 동료들이 지나치게 걱정을 하는 통에 변명을 하느라 서로 수선만 더하게 되었다. 그 뒤로 나는 어떤 꼼수도 부리지 않기로 했다. 올라오는 모든 것들을 먹고 주어진 시간에 충실히 잠을 자려고 했고 의연하게 일과를 채웠다. 아침이면 동료들과 인사를 나누었고 낮이나 퇴근 시간에는 지원 방문을 오는 다른 사업장이나 지원 단체의 사람들에게 건재한 모습을 보이기 위해 난간에 서서 약식 집회를 했다. 나머지 시간은 땡볕을 막아놓은 비닐 사이에 헝겊을 덧대어 볕을 막고 책을 보았다. 해는 길고 따가웠다. 밤에는 파카를 껴입고 철탑에 기대앉거나 쪼그리고 누워 광장 옆 백화점 건물에서 쏟아지는 빛이 도로와 광장을 덮는 것을 바라보았다. 그 빛은 밤에도 꺼지지 않았다.

지역 단체 사람들은 광장을 오가는 사람들도 뜸한 늦은 시간에 탑 아래로 모여들었다.

"일단 따뜻하게 식사하세요. 서둘러 온다고 했는데 연행자 관련해서 의원님과 대책 논의하고 오느라고 늦었습니다. 시장하셨을 텐데, 죄송합니다. 연행된 동지들은 별일 없이 풀려날 것 같으니 걱정하지 마시고 얼른 식사하십시오."

통화를 하고 약식으로 구호를 외치고 저녁을 올려주면서 사람들은 우왕좌왕했다. 그들에게는 바구니를 올리고 내리는 일이 익숙하지 않았다. 몇 차례 여기저기 통화를 하고 나서 올려준 저녁식사 바구니에는 고급 도시락이 들어 있었다. 지역 국회의원이 보낸 것이라고 했다. 평소에도 동료들이 만들어주는 별식이 가끔 올라오긴 했지만 대부분 시중에서 구입한 도시락으로 식사를 했다. 지역 의원이 보냈다는 도시락에는 갖가지 튀김과 생선초밥까지 구색에 맞게 들어 있었다. 초코파이 하나로 때운 속이 허했다. 아직 따뜻한 온기가 있는 된장국물을 마셨다. 뒷맛이 들쩍지근했다. 한입에 들어오는 초밥을 씹자 코끝이 싸해지는 고추냉이에 눈물이 찔끔 났다. 식사를 마칠 때까지 단체 회원들은 천막 밖에 앉아 자리를 지켰다. 동료들이 없는 천막을 지키는 그들이 고마우면서도 마음이 그리 편하지 않았다. 식사를 마치고 빈 생수통과 쓰레기들을 모아 바구니에 챙겨 내려보냈다. 소변을 담은 페트병이 거의 다 찼지만 나는 그것을 바구니에 담지 않았다.

날씨가 흐린가 싶었는데 가늘게 빗줄기가 내리기 시작했다. 아침에 동료들이 올려준 신문에서 확인한 일기예보는 아침 한때 안개 후 대체로 맑음이었다. 세계적인 자동차 산업 불황 여파를 탄 국내 자동차 업계의 일방적인 대규모 구조조정 방침에 노조가 항의하며 농성에 돌입한 장면으로 채워진 신문이었다. 노조의 공장 점거가 결정되기 전에 공장 굴뚝에 올라가서 농성 중인 간부들의 사진도 실려 있었다. 아득한 굴뚝에서 머리 위로 펼쳐 든 띠수건에는 '해고는 죽음이다' 라는 구호가 적혀 있었다. 그 다음에는 매주 실리는 시리즈 기사가 이어졌다. 전 재산을 투자해 아들 며느리까지 매달려 꾸려온 가게가 아무런 보상이나 대책 없이 철거되게 되자 억울함을 항의하다 죽은 나이 든 가장들의 이야기였다. 장례조차 치르지 못한 시신이 안치된 영안실 대여료가 억대를 넘고 있다고 했다. 월드컵의 아쉬움을 채워줄 광화문 광장이 만들어졌는데 축제는 인정하지만 사람이 모이는 집회는 불허한다는 방침을 두고 칼럼과 논설은 연일 갑론을박하고 있었다. 빗줄기가 잦아진 걸 보니 곧 그칠 것 같지 않았다. 동료들이 모두 연행되었으므로 알아서 날씨에 대비해야 했다. 앉아 있는 공간만큼만 난간에 비닐을 덮어 천장을 만들고 옆으로 나와 우비를 챙겼다. 우비를 가지고 있으니 어지간한 비는 문제될 것 같지 않았다. 단체 사람들은 둘만 남고 돌아갔다. 동료가 한 명도 없는 역 광장의 천막 불빛이 여리게 아른거렸다.

4

밤이 깊었다. 바람은 차가워지고 한기에 명치가 떨렸다. 간혹 빠른 속도로 곁을 지나는 자동차 속도에 철탑이 울렸다. 지하철역은 서늘한 불빛만을 달고 묵묵히 졸고 있었다. 첫 지하철이 움직이는 시간이 다가오기 전까지 역 근처를 오가는 사람은 없을 터였다. 나는 떨리는 속을 진정시키며 심호흡을 했다. 어깨를 한껏 젖히고 마시는 찬 공기는 시릴 만큼 서늘하고 내뿜는 숨은 길었다. 철탑 난간을 잡고 바라보는 하늘은 어둠 속에서도 스모그를 품고 있는 것처럼 멀고 무거웠다. 따뜻한 물 한 잔이 생각났다. 생수로 입을 축일까 싶었지만 차가운 것이 싫었다.

늦게 먹은 초밥 때문인 것 같았다. 생소한 음식 탓인지 배가 살살 아팠다. 배변의 기운이 분명하게 감지되는 것은 좋은 징조라고 불안한 마음을 다잡았다. 엉덩이를 내놓고 있는 시간의 단축을 의미하기 때문이었다. 계속해서 콕콕 찌르듯이 아픈 배가 심상치 않았다. 동료들도 없는 상황에서 큰 탈이라도 나거나 몸에 문제가 생겨서는 곤란했다. 천막을 지키고 있는 지원 방문자들에게 험하고 수선스러운 꼴을 보이는 것은 난감한 일이었다. 배앓이가 심해져 단체 사람들에게 의존해야 하는 상상을 하니 몇 안 되는 대오로 싸움을 유지하고 있는 상황보다 더 초라하고 서글픈 생각이 들었다. 침착하게 배를 달래며 몸이 보내는 신호에 촉각을 세웠다. 배가 부글거리면서 아파왔다. 참아서 달라질 지경이 아니었다.

오리변기에 엉덩이를 까고 앉았다. 나는 주로 새벽 시간에 배변을 시도했다. 주위의 시선에서 그나마 놓여나는 시간이었다. 아무도 보는 사람이 없는데도 탑 아래를 지나는 취객은 없는지 상주하고 있는 담당 이 형사가 올려다보고 있는 것은 아닌지 하다못해 원거리에서 CCTV라도 작동되고 있는 것은 아닌지 불안했다. 그런 불안을 안은 채 소변은 밤까지 참을 수 없어 벌건 대낮에 땡볕 아래서 해결했다. 오리변기는 소변을 한 번만 봐도 출렁거렸다. 변기 받침을 들고 주둥이가 큰 페트병으로 옮겨 하루의 오줌을 모았다. 긴장하고 조심스럽게 움직여도 오줌은 깔때기 밖으로 흘러 손이나 옷깃에 묻기 일쑤였다.

무서운 속도를 내며 달리던 자동차가 경적을 울렸다. 소리에 놀라 감았던 눈을 뜨며 난간을 잡았다. 빗물기가 남아 있는 철탑 난간의 습하고 싸늘한 기운이 손바닥을 감쌌다. 다시 마음을 진정시키고 눈을 지그시 감고 배설을 위해 집중했다. 오늘 먹었던 음식과 물의 양을 가늠하며 이 시간이 얼마나 길어질지를 생각했다. 살살 아프던 배가 울퉁불퉁거리며 삐죽삐죽 묽은 똥이 항문 사이로 비어져나왔다.

배변 때마다 신경을 건드리는 또 한 가지는 소리였다. 묽은 변이 나오기 시작하자 커다란 소리가 염려되어 시원스럽게 힘을 줄 수가 없었다. 방귀를 몰래 낄 때처럼 조금씩 힘을 조절하려 애를 썼다. 적막한 시간 몸을 빠져나가는 이물질들은 반드시 소리를 냈다. 철탑 아래 천막에서 잠이 든 지원 방문자들이나 종종 광장에 차를 대고 밤을 새는 담당 이 형사가 듣기라도 하는 것은 아닌지 가슴이 오그라들었다. 새벽녘 몸 밖으로 삐져나오는 소리는 아무리 의연하려고 해도 나를 수치스럽게 했다. 고공에서 치르는 배변의 불안과 그 소리, 번거로운 절차가 끔찍해서 농성 처음 며칠은 오리변기를 사용하지 않고 참았다. 되도록 배변 횟수를 줄여볼 요량이었다. 가스가 차고 배가 불러 허리춤이 빵빵해지고 속까지 더부룩해졌다. 배가 올챙이처럼 차올라 통증을 참을 수 없게 되었을 때 더 이상 버티지 못하고 난생 처음 오리변기에 앉았다. 한 손은 철탑 난간을 붙잡고 한 손으로는 배를 누르며 가스를 내보냈다. 그날 나는 쏟아낸 굳은 배설물을 처리하지 못하고 오리변기 뚜껑을 닫아놓은 채 한참 동안 망연히 탑에 서서 먼

하늘만 쳐다보았다.

변에 물기가 많아 오리변기에 깔았던 신문지가 소용없었다. 변기 아래 소변 통까지 경계 없이 변이 흘렀다. 시큼하고 역한 냄새의 묽은 똥을 싸고 나자 창자를 찌르듯이 아프던 배는 진정이 되었다. 식중독이나 몸살이 아닌 것은 천만다행이었지만 오리변기를 처리할 길이 막막했다. 일단 변기 뚜껑을 닫고 내가 앉아 있는 반대편으로 밀쳐놓았다. 스산해진 날씨는 간혹 가는 비를 뿌리다가 멈추기를 반복했고 방향 없는 바람이 제멋대로 불었다.

고공에서의 밤은 차갑고 길었다. 하루 중 서 있을 때와 잠을 잘 때만 다리를 뻗을 수 있었다. 시멘트 탑을 마주하고 탑의 타원형 모양을 따라 옆으로 누워 탑을 감싸는 자세로 무릎을 폈다. 광장 쪽으로 등을 돌리고 탑을 마주 안고 자는 꼴이었다. 무릎을 펼 수는 있지만 한 방향으로만 자야 하므로 온몸이 굳고 쑤시는 고통이 따랐다. 난간 철근 사이로 발이 빠져서 균형을 잃고 비틀거리다가 겨우 위기를 넘겼나 하는 순간이었다. 잠결에 뒤척이던 몸이 탑 난간 밖으로 밀려나 순식간에 곤두박질쳤다. 둔중한 무게를 담고 둔탁한 소리를 내며 탑 아래로 떨어진 몸뚱어리가 땅에 처박히며 박살났다. 과속 차량들이 울리는 경적 소리에 소스라치게 놀라 잠에서 깼다. 방금 탑에서 떨어지는 꿈보다 더 큰 공포가 느껴지는 소리였다. 두꺼운 파카 위로 드러난 뒷목은 식은땀으로 끈끈했고 때마침 스치는 고공의 바람에 등줄기가 서늘했다. 무슨 꿈이었는지 꿈을 꾸기는 한 것인지 기억이 선명하게 조합되지 않았다. 부들부들 떨리는 몸을 양팔로 부여잡듯 껴안았다. 까닭 모를 두려움이 고스란히 온몸을 짓눌렀다. 탑 기둥에 쪼그리고 앉아 다리 사이로 얼굴을 묻었다. 아래를 볼 수 없어 눈도 감았다. 감은 눈을 타고 미처 인식조차 못한 눈물이 흘렀다. 고개를 들고 세수를 하듯 두 손으로 얼굴을 쓸었다. 크게 숨을 들이쉬고 바라보는 고공의 하늘은 아득했다. 바람은 차갑고 하늘은 아직 동을 틔우지 않고 있었다.

5

　버스럭거리는 우비 소리에 잠이 깼다. 단추를 채우지 않고 걸친 우비 자락을 다잡아 여몄다. 몸을 움직이자 탑 기둥에 기대어 잠든 동안 접혀 있던 무릎이 찌릿하게 저렸다. 양쪽 어깨를 젖혀 심호흡을 하고 다리를 주물렀다. 지하철 첫차가 아직 움직이지 않는 시간이었다. 광장이 소란스러워지고 있었다. 일어서려는데 저린 다리가 마비된 듯 힘이 잘 들어가지 않았다. 주저앉아 급하게 다리를 주무르며 난간 사이로 광장 아래를 내려다보았다. 광장을 오가며 웅성거리는 사람들은 단체 회원 서넛과 사복 차림의 형사들이었다. 핸드폰이 울리고 있었다.

　"서울 지역 해고자회의 임영석이라고 합니다. 철제 난간을 강제 철거할 것 같아요. 다른 분들에게 아는 대로 모두 연락을 취했으니까 걱정하지 마십시오. 비도 오는데 개새끼들이 날을 잡은 것 같아요. 사람들 출근 시간 전에 끝내겠다는 건데요. 그러실 리 없지만 나쁜 마음 먹으시면 안 됩니다. 민노

총 당직자와 민변에도 연락을 했고 금방 많은 분들이 모일 겁니다. 걱정하지 마세요. 힘내십시오."

탑 위를 쳐다보며 다급하게 말하는 목소리는 핸드폰에서인지 소리 높여 말하는 것이 육성으로 들리는 것인지 광장을 울리는 것처럼 크게 들렸다. 전경들과 낯선 사내들이 탑 주위로 겹겹이 매트리스를 설치하고 있었다. 소방차가 광장을 대낮처럼 밝히면서 들어오고 어느새 꼭대기에 사람을 실은 사다리차가 탑 쪽으로 바짝 다가오고 있었다. 서서히 움직이는 사다리 소리를 들으며 나는 한 손으로 난간을 붙잡고 다른 한 손을 치켜들며 구호를 외쳤다. 목소리 끝이 가늘게 떨리고 있었다.

"성실 교섭 촉구한다. 비정규직 철폐하자."

가는 빗방울이 우비를 입은 어깨에 떨어지는 소리가 귓전을 때렸다. 오른쪽으로 전경 셋이 탄 사다리차가 올라오고 있었고 왼쪽 사다리차에는 얼굴을 모르는 형사 둘과 담당 이 형사가 함께였다.

"진복연, 할 만큼 했잖아, 서로 좋게좋게 내려가자."

이 형사는 휴대용 확성기를 들고 말끝을 잘라먹으며 웃는 듯이 말했다.

"가까이 오지 말아요."

나는 큰 소리로 말했다. 높은 곳에서는 에코가 들어간 것처럼 말소리가 울렸다. 난간을 잡은 손이 빗물에 미끈거렸다. 빗줄기는 점점 잦아지고 있었다. 발 아래 깔아놓은 스티로폼이 발을 움직일 때마다 꿈틀거렸다.

"자자, 어차피 뛰어내리지도 못하잖아, 고생하지 말고 내려가자니까."

이 형사와 사복에게 우산을 씌워주고 있는 전경의 얼굴은 굳어 있었지만 사복은 이 형사의 말에 노골적인 웃음을 지었다.

"성실 교섭 촉구한다. 비정규직 철폐하자."

사복의 비웃음을 느끼며 난간을 잡은 손을 놓고 무의식적으로 입에 밴 구호로 악을 썼다. 진회색 하늘에서 떨어지는 빗방울이 얼굴을 적시고 시리게 목을 타고 흘렀다. 점점 사다리차가 옆으로 다가오고 있었다. 방향을 틀어 발을 떼는 순간 바닥에 깔았던 스티로폼 틈이 벌어지면서 무언가가 아래로 떨어졌다. 탑 아래에서 올려다보던 단체 회원들과 그 동안 불어난 사람들 중 몇몇이 외마디 비명을 질렀다. 필기구와 휴지 등을 담은 작은 사물함과 그 옆에 있던 어제 하루 모아놓은 오줌을 담은 페트병이었다. 바로 발 아래를 내려다보는 것이 두려웠다. 빗물에 젖은데다 새벽의 한기 때문에 몸이 와들와들 떨렸다.

"조심하자니까, 진복연, 어차피 내려갈 거잖아, 거 사람이 왜 그래. 여자가 똥오줌도 제대로 가리기 힘든 여기서 할 짓이 아니잖아? 좋게 내려가자."

이 형사는 떨어진 것이 오줌을 담은 페트병이라는 것을 알고 있었다. 새벽에 치러지는 수치스러운 소리와 배설물을 꽁꽁 싸매서 바구니에 내려보내는 절차와 오리변기 바닥에 담긴 오줌을 일일이 페트병에 모아 옮겨 담는 것을 모두 알고 있을지도 몰랐다. 비정규직으로 어처구니없는 대우를 받으며 해고된 억울함과 서러움 때문이 아니라 모멸감이 치밀어 순간적으로 난간에서 뛰어내리고 싶은 충동이 일었다. 빗방울은 더욱 굵어졌다. 이가 부딪치도록 추위가 느껴졌다. 발이 미끄러지면서 균형을 잃고 휘청거렸다. 발에 밀린 스티로폼이 벌어진 틈으로 아득하게 광장이 보였다. 측면에 있는 이형사의 사다리는 그의 얼굴을 분명히 볼 수 있을 정도로 가까이 다가왔다. 한 발만 잘못 디디면 벌어진 스티로폼 사이로 발이 빠지거나 균형을 잃고 바닥으로 떨어질지도 모른다는 두려움이 일었다.

그들이 점점 더 가까워질수록 내 머릿속을 가득 채우는 것은 아직 처리하지 못한 오리변기에 대한 생각이었다. 나는 잠꼬대로도 중얼거릴 비정규직 철폐 구호도 광장에 모인 사람들의 시선도 잊은 채 묽은 배설물이 담긴 오리변기를 어떻게 해야 할지 몰라 허둥댔다. 내가 탑에서 끌려내려가면 오리변기는 이 형사에게 또는 이 형사 옆의 저 사복에게 아니면 철탑을 철거할 누군가에게 모습을 드러내게 되리라. 수치스러움에 눈을 감았다. 몸이 떨렸다. 등 뒤로 접근하던 사다리의 전경들이 탑 기둥 중간에 사다리를 대고 비정규직 철폐 현수막을 걷어내고 있었다. 난간을 잡고 몇 걸음 뒤로 발을 옮겼다. 오리변기는 하늘색 주둥이를 꾹 다물고 비를 맞고 있었다. 묽은 똥이 누런 흔적을 남기며 변기 밖으로까지 흘러나와 있었다. 한 손으로 난간을 잡고 천천히 무릎을 굽혔다. 싸늘한 쇠파이프의 감촉과 물기 머금은 녹 냄새가 훅 진하게 스쳤다. 한 손으로 뚜껑을 열고 변기를 들고 일어섰다. 이 형사와 사복은 여유만만한 표정을 지은 채 비웃듯이 나를 쳐다보고 있었다. 나는 빨간 휴대용 확성기를 입에 대고 다시 무언가 말을 하려는 이 형사의 사다리를 향해 힘껏 오리변기를 던졌다. 말의 안장처럼 등에 신문지를 덮은 하얀 오리가 빗속에서 공중을 날았다. 지하철을 타려고 서둘러 광장을 지나는 우산들이 커다란 점처럼 하나둘 늘어났다. 철길 저쪽에서 지하철이 역을 향해 들어오고 있었다. 지하철이 들어오는 진동 때문인지 추위 때문인지 난간을 잡은 두 팔에 경련이 일었다.

어떤 이에겐 후일담

오늘 윤석은 더욱 집착한다. 내 한쪽 젖가슴을 쥐고 있는 입김이 등 뒤에서 다시 뜨거워졌다. 알몸으로 전해오는 작은 몸짓 하나에서조차 나는 습관처럼 그를 읽었다. 엉덩이에 닿는 그의 성난 몸이 묵직하게 꿈틀댔다. 나는 눈을 감고 고개를 등 쪽으로 돌려 그의 입술을 찾았다. 한 차례의 섹스를 끝내고 멍하게 머리를 비운 채 있던 조금 전의 공허함을 잊고 그의 숨소리와 화를 내고 있는 몸을 따라 자동문처럼 나를 열었다. 이 사람을 온전히 가질 수 있는 아주 짧은 자유의 순간이 전율처럼 뒤따랐다.

그때 윤석의 결혼 제안을 받아들여야 했을까. 시대를 풍미하던 얘기들이 있었다. 우리 시대의 로맨스라고 헛헛하게 회자되기도 하는. 여자에게는 비극으로 결말지어지고 남자에게는 아픈 시대의 자화상으로 일컬어지는. 공장에 위장 취업한 명문대생과 똑똑한 여공이 있다. 서로를 선망하며 그들은 연애를 하고 또 그것을 훌쩍 뛰어넘어 결혼을 결심한다. 결혼은 중세시대의 계급보다 더 강고한 한국의 학벌이라는 벽을 뚫고 용기 있게 감행된다. 아름답고 순수하게 그려지던 결혼은 아침 밥상에 오른 미역국이 짜다며 없는 집에서 자란 티를 낸다는 시어머니의 한마디까지 입에서 입으로 옮겨지며 세인의 주목을 받는다. 남자는 여자의 지혜롭지 못한 시집 생활에 염증을 느끼고 말과 뜻이 통하는 비슷한 부류의 여자와 맺어진다. 똑똑하던 여공 아내는 대단히 무지하고 무기력하게 퇴출된다.

명문대 학생이 옆집에만 살아도 자랑거리가 되는 시절이었다. 열사로 불리는 영광을 얻었으나 여전히 초라한 전태일은 대학생 친구 한 명만 있으면 좋겠다는 간절한 소망의 말을 남겼다. 누구보다 열심히 살아냈다는 시대적 우월감과 자긍심을 삼팔육, 사팔육이라는 변종어로 통칭하는 집단이라고 별다를 리 없었다. 그런 대한민국에서 공짜는 없다는 진리를 잊은 로맨스의 주인공 똑똑한 여공은 이혼녀라는 딱지를 얻고 똑똑하다는 형용사를 잃었다.

나는 똑똑한 여공이었나. 여공. 되짚지 않으면 남의 애기처럼 까마득한 말이었다. 여공이라는 견고한 신분에 더해진 운동권이라는 자긍과 자부에 목숨을 걸어도 좋았던 때였다. 생전 처음 맛보는 존중과 자유의 달콤함이 하루하루 끝도 없이 자랐다. 그렇다고 해도 노동자화되었던 이들의 자랑스러움이 곧 나의 것은 아니었다. 생각하고 싶지 않다거나 특별히 부끄럽다고 인식한 적은 없었다. 하지만 어제 먹었던 괜찮은 요리를 얘기하듯 아무렇지도 않게 내놓고 얘기할 만한 거리도 아니었다.

윤석과 결혼을 했다면 지금과 달라진 것이 있었을까. 이 사람은 자타공인 내 남자가 되었을 것이고 아이가 있을 것이고 그럭저럭 여느 부부와 같은 삶을 살아가며 행복이란 걸 느끼며 살았을까. 윤석의 숨소리가 거칠어졌다. 지금보다 뾰족하게 나은 삶이 되었으리라는 쪽으로 선뜻 고개가 끄덕여지지 않았다. 내 남자가 된 윤석이 지금보다 나를 더욱 사랑하며 아꼈을까. 알 수 없었다. 자장면 비비는 소리에도 그와의 섹스를 생각할 만큼 열렬할 때도 나는 결혼을 생각한 적이 없었다. 가능한 상대가 아니었고 나와는 격이 다르다고도 생각했다. 그의 사랑을 의심했던가. 어린 시절 정확한 이유를 설명할 수 없어 힘들었지만 윤석의 결혼 제안을 거절한 내 선택은 지금 돌이켜도 현명하고 옳았다. 그때보다 한결 매끈하고 끈적해진 윤석의 입맞춤은 꼭 그만큼 달뜬 열정을 잃었다. 안정감으로 느껴지는 익숙함이었다.

이혼녀라는 딱지를 얻은 똑똑했던 혜자는 그때와 마찬가지로 여전히 미싱을 밟고 있다. 옷에 붙은 실밥을 떼어내며 혜자가 좁은 빌딩 지하 계단에서 올라오고 있었다. 볕이 좋은 봄날이었다. 공장 담 밖을 바라보며 단 몇 분만이라도 햇볕을 받으며 걷기를 간절히 꿈꿨던 날이 있었다. 그때 우리는 재빨리 점심을 먹고 공장 창가에 기대 봄볕바라기를 하곤 했다. 평일 봄날 담장 밖에서의 몇 시간이 우리에게는 결코 누릴 수 없는 호사로 생각되었다. 맞은편에서 손 흔드는 나를 보고 혜자는 활짝 웃었다. 작업복을 입은 채로 공장 밖으로 뛰쳐나가 봄나들이 가자던 장난기 많은 껑다리 여공 혜자의 웃음은 아니었다.

"이렇게 나와도 돼? 얼마나 있을 수 있는데."

"점심시간 한 시간쯤. 좀 넘어도 괜찮아."

뒤로 묶은 머리에서 얼굴로 흐르는 머리가닥을 쓸어넘기는 혜자의 눈가에 건조한 주름이 짙었다. 작업량에 쫓겨 화장실에 가는 시간까지 체크를 받았던 예전에 비하면 많이 달라졌다고 해야 하나. 근무 시간에 봄볕이 화사한 거리로 나와 친구의 얼굴을 볼 수 있는 여유랄까 자유를 얻은 것이니 말이다. 어리고 젊은 시절을 모두 던져 겨룬 결과물치고는 참으로 초라한 전리품이었다.

한쪽 벽 전체를 유리창으로 만들어 전망이 좋고 쾌적한 체인 커피전문점에 앉았다. 기호에 따라 다양한 커피가 준비되어 있는 것으로 유명한 외국 업체였다. 강학이었을 때 윤석은 커피를 마시지 않았다. 조금은 어둡고 습한 듯한 지하 다방이 대부분이던 시절이었다. 그는 뻑뻑한 율무차를 시켜 찻잔 바닥에 가라앉은 것까지 티스푼으로 긁어 먹었다. 바쁜 탓에 끼니를 걸렀거나 속이 안 좋은 모양이라고 별 생각 없이 보아넘기던 나는 차츰 윤석과 어울리는 강학 모두가 하나같이 커피를 마시지 않는다는 사실을 알게 되었다. 일제 치하에서 국산품 장려 운동을 하는 것도 아닌데 한편 존경스럽고 한편 까닭 모를 나와의 차이를 절감하면서 애써 그 이유를 묻지도 아는 체도 하지 않았다. 그들을 만나면 나는 고집스레 커피를 주문했다. 라면을 먹고도 후식으로 마실 만큼 다방이나 자판기에서 뽑아 먹는 탁한 커피는 맛있는 기호품이 분명했다. 취향이나 기호 하나를 바꾼다고 뭐 그리 달라질 게 있냐고, 감정이나 의식의 사치일 뿐이라고 내심 그들을 비웃었다.

"윤석이 형하고는?"

커피 위에 올려진 거품을 저으면서 혜자가 물었다. 밝고 넉살이 좋았던 혜자는 어릴 적부터 그를 형이라고 불렀다. 일반적이지 않았던 그 호칭은 대학생의 전유물이었다. 윤석은 여공인 우리에게 소리 내어 부를 수 있는 형이었다. 나는 대학생 흉내나 내는 것 같은 거부감과 남녀 사이의 호명으로는 상식적이지 않다는 생각에 그 호칭을 써본 적이 없었다. 물론 내놓고 그런 생각을 말하지는 않았다.

"응, 뭐…… 그렇지."

"인애 언니랑 헤어질 거 같던데 아니니? 어떻게든 정리가 되면 너도 좋잖아."

나는 빨대를 빨고 있는 혜자의 눈을 보며 말없이 웃었다.

"그럴까."

그와 그의 아내가 헤어지면 내가 가장 큰 수혜자가 된다고 혜자는 생각하는 것 같았다. 불륜이라는 가치에서 벗어날 수 있다는 건 분명 큰 수혜였다. 그러나 그것 말고 달라질 것은 아무것도 없었다. 나는 그와 결혼하고 싶지 않다. 그와 지내는 지금이 전혀 불편하지도 않다. 그와 가족이 되고 그의 가족과 나의 가족이 얽히면 불편하지 않을 자신이 없다. 가족은 든든함과 은연중에 드러나는 자랑스러움이 존재해야 한다. 사람들은 내 형제는 무엇을 하는 사람이며 남편 또는 아내는 어느 대학을 나왔다거나 무엇을 전공했다는 말로 가족을 소개한다. 그렇게 소개되는 가족은 보통 소개하고 있는 개인과 비슷하거나 더 나은 편이기 마련이다. 듣는 사람도 대략 그런 소개에 준해 많은 판단을 한다. 한 개인의 살아온 바나 살아 갈 바를 그 가족의 사회적 수준이나 위치로 짐작하기 때문이다. 자신보다 아주 못한 가족을 소개하는 경우는 드물다. 의도된 소개 방식이 아니더라도 가족은 그런 것이다. 나와 덧붙여 말할 때 가족은 자랑스러운 존재여야 한다. 윤석에게 내가 그런 가족이 될 수 있을까. 윤석의 가족에게 내 가족이 그런 가족이 될 수 있을까. 나도 윤석도 서로에게 그런 가족이 될 수는 없다.

"넌 어때, 아이랑 지내는 건 괜찮고?"

"여기 만기 되면 지방으로 가서 작은 임대 아파트라도 들어가려고 하는데 서울은 어려울 거 같고 먹고 배운 재주가 이거니 직장도 같이 알아봐야 하고."

혜자는 여자들이 혼자 아이를 데리고 임시 거주하는 보호 시설에 있었다. 말이 좋아서 모자원이라고 하지만 여공 시절 방 부엌 한 칸 집보다 아주 조금 더 넓기만 한 꼴이었다. 혜자는 거기서 아이 둘과 생활했다. 두 번째 남편인 아이 아빠는 혜자와 아이들과 살던 이십사 평 연립에서 혼자 살았다. 아무 조건 없이 이혼만을 원했던 혜자에게 남편은 두 아이 중 큰아이인 아들은 자신이 맡을 테니 갓난아이 딸을 데리고 나가라고 했다. 얼마 지나지 않아 남편은 아들 하나도 키우기 힘들다며 데려다놓고 가버렸고 혜자는 오히려 다행스러워하며 아들을 맡았다.

아이를 빼앗기고 이혼을 당한 정호와의 첫 결혼보다는 낫다고 했다. 명문대 출신 아들이 구로공단 여공과 결혼한 것을 끝내 받아들이지 못했던 시댁과 갈등을 겪는 동안 남편 정호는 내내 무기력했다. 현실이 되어버린 결혼 생활을 이겨내기에 학생운동가로 의식이 높았던 정호와 똑똑한 여공 혜자의 사랑은 미약했고 그들의 생활과 사고의 차이는 크고 넓었다. 모질고 서러운 대접을 받으며 억울하게 쫓겨났지만 혜자는 시집살이를 견디지 못한 며느리에 불과했다.

두 번째 남편과 헤어진 것은 손찌검 때문이었다. 자신에게 무심하고 잔인했던 정호의 세련되고 도회적인 매끄러움을 다 떨쳐내지 못한 채 혜자는 두 번째 결혼을 했다. 몸에 배인 정호의 잔상들은 투박하고 무지한 두 번째 남편과의 생활을 더욱 견디지 못하게 했다. 혜자에게 두 번째 남편은 택시를 타다 마을버스를 타는 것과 같은 불편함 이상의 어떤 것이었으리라고 나는 이해했다. 옳다, 옳지 않다는 기준을 벗어나서 세상일을 보게 되면 도저히 이해할 수 없는 것들이 쉽게 받아들여졌다.

"너도 어렵더라도 단체에 들어가는 건데 그랬어."

"그랬다면 바보가 되었을지도 모르지."

"다들 잘되는데 왜 바보가 돼?"

잘된 사람이 누구인가 반문하려다 커피잔을 내려다보며 나는 또 엷게 웃었다. 나와 혜자는 노조 활동으로 해고되어 블랙리스트에 올랐다. 공장 취직은 불가능했다. 생산 현장에만 있었던 우리는 할 줄 아는 게 없었다. 활동가로 나서기도 마

48

땅치 않았다. 같은 해고자였지만 그건 대학생 위장취업자들의 몫이었다. 차비 정도의 실비만이 지급되는 경제적인 조건도 우리들의 활동가행을 막는 장애 요소였다. 같은 지역 같은 공장에서 해고가 되어도 그들과 우리는 너무 달랐다. 혜자는 이력서조차 확인하지 않는 작은 규모의 하청 공장에 겨우 들어갔다.

나는 대여섯 명이 일하는 곳에 취직하는 해고자의 수순을 밟고 싶지 않았다. 그 규모에서 노동조합을 만든다는 건 의미도 없었고 동료들을 의식화해서 똑똑한 여공을 만드는 데 기여하고 싶지도 않았다. 살고 있던 아파트의 평수가 넓은 동 게시판에 과외 전단을 만들어 붙였다. 수요가 많아 과외 자리를 쉽게 찾을 수 있는 수학으로 과목을 정했다. 초등학교 중간 학년 정도를 선별해서 맡기로 하고 문제집을 가지고 일주일쯤 공부했다. 학력은 학부모가 원하는 수준에 맞춰 얼버무렸다. 대학을 나온 사람이 중졸이나 고졸이라며 공장에 위장 취업을 하는 것이나 내 거짓말이나 마찬가지라고 생각했다. 남 앞에서 나를 소개하고 다른 사람을 설득하는 윤석이네의 가르침과 그들과 함께하면서 봐온 대학 생활이나 생활 태도들은 유용했다. 전단지를 보고 연락한 학부모에게 나를 소개하면서도 떨지 않을 수 있었다.

처음으로 남 앞에서 내 이름을 밝히며 소개라는 것을 해본 기억이 있다. '누가누가 잘하나' 라는 어린이 동요 부르기 프로그램이 있었다. 공영 방송에서 주관하는 한 주 단위로 진행되는 그 프로는 노래 잘하는 초등학생들의 꿈이었다. 사학년 때 담임은 그 대회에 나갈 아이들 몇을 가려내 방과 후에 연습을 시켰다. 연습을 마친 네 아이 중 최종적으로 내가 선발되었다. 경쟁이라는 걸 잘 알지 못했지만 커다란 성취감과 자랑스러움으로 한껏 마음이 부풀었다. 그러나 나는 다음 날 대회에 나가지 못한다는 말을 담임에게 해야 했고 나와 함께 연습을 하던 다른 반 여자아이가 예심을 통과하여 상을 받았다. 노래를 잘 불렀던 내게는 학교에서 준비하라는 블라우스와 멜빵 주름치마, 하얀 타이즈와 구두가 없었다. 그 뒤로 사람들 앞에서 내 소개나 노래를 한다는 것은 생각해본 적이 없었고 할 만한 기회 또한 주어지지 않았다.

무엇보다 과외는 선불이라는 점이 가장 좋았다. 시간에 비하면 미안할 만한 보수였다. 공장에서의 한 달 벌이를 일주일에 이삼일씩 오후에만 일하면 벌 수 있었다. 아이를 가르치러 가는 길에는 항상 나만큼 건강하고 저렴한 선생도 없을 것이라고 스스로에게 최면을 걸었다. 사립 초등학교 아이들 성적이 대부분 눈에 띄게 향상될 정도로 수업 준비도 철저히 했다. 수업 시간을 재서 미리 연습을 할 만큼 긴장은 했지만 양심에 거리낌은 없었다. 과외의 목적은 시험 성적을 올리는 것이었고 나는 그 목적에 충분히 부응했다. 아침에 늦잠을 잘 수 있고 출근 시간을 서두르지 않고 긴 시간 화장실을 갈 수 있었다. 고질적인 변비는 식습관도 내장의 건강하지 못함도 아닌 화장실을 느긋하게 갈 수 없는 오래된 내 생활환경 탓이라는 걸 처음 알았다. 부산하지 않은 하루의 시작은 조용하고 평화로웠다.

혜자가 주위를 잠깐 둘러보며 담배를 빼어물었다.
"다시 피우는구나?"
"남편보다 위로가 돼."
보일 듯 말 듯한 혜자 입가의 각질에 봄이 와 있었다. 첫 남편 정호와 연애를 하면서 똑똑한 여공 혜자는 담배를 배웠다. 대학생이던 그네들과 어울리며 담배를 배우고 술을 마시고 밤을 새워 사회과학 서적을 읽어가며 자신과 세상을 터득해 가는 기꺼움을 맛보았다. 담배 한 대는 담배가 아니라 자신과 세상에 대한 자유로움을 선사했다. 그들의 직간접적인 흡연 종용과 부추김을 나는 무시했다. 당시 어른들 말처럼 물장사라고 불려지거나 호스티스로 상징되는 여자들이나 담배를 피운다는 선입견 때문은 아니었다. 남녀 모두 평등하게 즐길 수 있는 기호품이라는 점에 충분히 공감했고 그런 알아감이 흥미로웠다. 그렇지만 나와 공장에서 일하는 대부분의 동료들은 담배를 피우지 않았다. 그런 일은 하지 않는 게 옳다고 믿었다. 물론 그런 말이나 생각을 드러내지는 못했다. 주위의 시선에서 좀더 자유로운 나이가 되면 해보리라 미루었다. 할머니가 담배 피우는 것을 보며 눈 흘기는 사람은 없을 테니까. 나는 미처 알지 못했다. 세상의 눈에서 자유로워지는 나이가 되는 것이 아니라 할머니는 여자가 아니어서 흡연에서 자유로워지는 것임을.

제 말로는 먹고 배운 재주가 미싱을 타는 것뿐이라고 하지만 혜자가 가진 재주는 많았다. 노동조합 활동을 하면서 노래를 잘 불러 시위나 문화 행사 때마다 무대를 주름잡았고 민중가요를 주로 부르는 단체의 단원으로 섭외를 받기도 했다. 농사를 짓는 아버지가 치던 꽹과리 소리와 장구 소리를 정말 좋아했다는 혜자의 설장구는 지역에서도 유명했다. 아주머니들과 아저씨들, 미혼인 조합원들을 모두 아우르는 혜자의 친화력은 대단했다. 단위 사업장뿐 아니라 지역 전체의 임원을 거뜬하게 해낼 만큼 야무지고 당찼다.

혜자가 내게 부탁한 돈봉투를 내밀었다.

"미안하다. 번번이……."

"큰 돈 아닌데 뭘, 아무 말 말자."

얘기를 하면서도 들으면서도 혜자는 눈에 눈물이 그렁그렁하고는 했다.

"우는 데 권리가 필요한 것도 아닌데 울고 싶을 땐 울어."

내가 뱉는 말이 절박한 혜자의 일상을 더 초라하게 만드는 것 같아 울컥 짜증이 일었다. 혜자는 울 만한 자유가 누구에게나 주어지는 건 아닌 것 같다며 버짐 핀 까칠한 미소를 지었다. 툭하면 눈물도 다 말라버렸다고 내게 해대던 주정보다 그 미소가 더 쓸쓸했다. 혜자는 담배 연기가 내게 오지 않도록 높은 천장을 향해 턱을 들어 연기를 뿜었다.

엄마는 아파트 단지 입구에서 좌판을 벌여놓고 나물이며 야채 등을 손질해서 팔았다. 같은 크기의 단지여도 영세민 아파트는 고급 아파트 단지에 비해 인구 밀도가 높고 아직은 좌판이 경시되지 않는 특성이 있었다. 엄마의 장사는 그 수위에 걸맞아 잘 되는 편이었다. 몇천 원어치 못 파는 날도 많았지만 엄마에게는 유일한 소일이며 생활수단이었다. 우리 남매들이 모아서 드리는 용돈만으로 생활이 충분하지 않다는 점도 있었지만 일을 놓는 무료함을 힘들어했다. 그렇다고 노인 대학이나 백화점 문화센터에서 친구나 소일거리를 다시 만들 만큼 경제적으로 심정적으로 여유가 있는 형편도 못 되었다. 자식들을 키울 때부터 하던 수많은 일 중에서 만만하게 몸에 익은 일을 고른 것이 살고 있는 아파트 단지 정문 앞에서의 장사였다. 추운 날 바람 한 점 피할 수 없다는 것과 한여름 땡

별 더위를 길에서 보내는 일은 자식들의 마음을 편치 않게 했지만 엄마는 장사를 놓지 않았다. 이른 새벽 경동시장까지 가서 물건을 손수 떼어 버스를 타고 나르는 일은 젊은 사람이 하기에도 쉽지 않았다. 어둑한 저녁이 되도록 쪼그리고 앉아 도라지며 더덕을 쉴 새 없이 까다 보면 노구는 지치기 마련이었다.

초등학교를 다니던 시절부터 온갖 장사를 하는 엄마를 돕지 않을 수 없었다. 봄에는 등산로 입구에서 번데기볶음이며 소라, 알사탕 등을 팔았고 여름에는 햇볕보다 뜨거운 찐 옥수수를 이고 잘사는 동네 골목을 돌아다니는 엄마를 거들다 손을 데기도 했다. 요기를 하는 엄마를 대신해서 시린 손으로 호떡을 구운 적도 있었다. 친구들 보기 부끄러울 것이라며 같이 다닐 일을 만들지 않는 엄마의 배려를 다른 형제들은 그대로 따랐다. 하지만 공부를 잘하면 그런 것쯤은 아무것도 아니라고 생각한 나는 호떡 반죽을 들어 나르다가 반 친구를 만나기도 하고 엄마 대신 좌판을 지키다가 학교 선생님을 마주치기도 했다. 속으로는 놀랐지만 어린 마음에도 주눅 들면 더 부끄러워지는 거라고 생각했다.

해고 이후 과외를 시작하고 얼마 지나지 않아서였다. 엄마의 좌판 건너편 정류장에서 내가 가르치는 아이의 엄마를 마주치던 날 나는 태어나 처음으로 엄마를 외면하고 지나쳤다.

그 뒤로 과외를 마치고 올 때는 아파트 단지 뒷문에서 버스를 내려 집으로 돌아왔다. 버스가 아파트 정문을 지날 때 보이는 엄마의 좌판은 어릴 때와 달리 뻐근한 동통으로 나를 아프게 했다.

일주일 내내 일하지 않아도 되자 대학에 진학했다. 유명 강사가 되거나 높은 보수를 받기엔 내놓을 만한 학력이 못 되었지만 경력이 쌓여 일자리를 찾는 데 어려움은 없었다. 태어나 접해본 일 중 가장 편히 돈을 손에 쥘 수 있는 이 일에 나는 나름 만족했다. 혹시나 학원 아이들이라도 보면 뒷일이 불편해지므로 어릴 때처럼 엄마의 좌판일을 거들거나 엄마가 장사를 하는 곳에 자주 가지는 않았다. 뻔한 불편함을 애써 만들 필요는 없었다.

지금은 일하는 학원이 이 지역도 아니고 엄마와 따로 살고 있으므로 나를 알아볼 사람은 없지만 나는 정문에서 버스를 내리지 않았다. 버스가 지나치는 아파트 정문 정류장에 엄마는 몇몇 할머니들과 좌판을 나란히 하고 부지런한 손놀림으로 더덕을 까고 있었다. 앞에 중년 남자가 앉아 물건을 사는 듯 보였다. 다음 정류장에서 내렸다. 어둑어둑한 시간이 훤한 대낮보다는 엄마의 좌판을 조금은 편하게 바라볼 수 있게 했다. 나는 엄마와 함께 좌판을 거두고 저녁이라도 같이 먹어야 겠다고 생각했다.

"엄마, 어디 가?"

커다란 봉지를 자루처럼 들고 바쁘게 마주 걸어오는 엄마의 짐을 받으며 물었다.

"운이 좋다, 딸이 하는 길이다. 이것만 갖다 주고 들어가자."

엄마의 표정이 아이처럼 좋았다. 나이에 비한다면 물건을 떼어오는 안목이나 장사 수완이 있는 엄마였다. 아파트가 밀집되어 있는 이곳은 걸어서 갈 수 있는 거리에 대기업의 대형마트가 경쟁적으로 들어와 있었다. 경쟁력이 없을 것 같은 엄마의 노점은 대형마트에서 카터를 끌고 일일이 물건을 저울에 달아 가격을 붙여야 하는 편리함을 오히려 불편하고 번거로워하는 사람들이 주된 단골이었다.

"웃기지도 않아 무슨……. 아니, 노인네한테 배달까지 해 달라는 사람이 있어?"

"마침 좋은 국산 더덕이 필요했다면서 남은 더덕을 전부 사겠다고 가져다줄 수 있냐기에 내가 그런다고 했다."

"그래도 그렇지, 사람들 정말 너무하네."

없이 사는 사람이 더 무섭다. 꼴난 영세민 아파트에 살면서 혼자 노점에 쪼그리고 앉은 노인에게 물건을 배달해달라고 했다니, 말을 하면 할수록 화가 치밀었다. 나는 손에 들렸던 봉지를 들어 가슴에 얹으며 사는 꼴이나 보자 싶어 엄마를 앞세우고 걸었다.

"젊은 사람이야? 아니면 어디가 불편하기라도 한 사람이
야?"

"그게 아니라 말끔한 신사인데 미리 셈까지 치르고 남은
더덕 다 까서 가져다달라고 하더라."

버스가 정문 정류장을 지날 때 좌판에 있던 중년 남자가 떠
올랐다. 남자가 사들일 만한 물건은 아니지 않나 하는 의문이
들기도 했지만 남자라서 남은 물건을 전부 사는 배포를 지녔
나 싶었다. 짐을 들고 걷기에는 짧지 않은 거리였다. 엘리베
이터를 탔다. 남자가 일러줬다는 층으로 올라가는 동안 엄마
는 시종 웃는 얼굴로 무겁다며 내가 든 더덕 봉지를 들겠다고
했다.

"더덕 산 일 없는데요."

난방이 잘 되어서인지 좁은 집에 식구가 많아서인지 속옷
만큼 살이 많이 드러나는 때이른 민소매 티셔츠를 입은 여자
가 냉랭하게 말했다. 이상한 여자들이라는 표정이 역력했다.
나는 처음 본 그 여자보다 엄마의 기억력을 의심하며 물었다.

"엄마 동이랑 홋수 제대로 안 거야?"

"분명히 맞는데. 최씨 할머니 사는 동 아래층 8호 맞는데."

전화번호라도 받아놓든가 했어야지 않냐고 말하려다 그만
뒀다. 엄마는 나름의 기억하는 방식과 움직이는 방식이 있었
다. 그것이 답답해 내가 지닌 방식이 합리적이라고 설득해서

되는 일이 아니었다. 꼭 타야 하는 번호의 버스가 오지 않을 경우 엄마는 계속 그 버스를 기다리기보다는 그것과 비슷한 번호가 오면 타는 사람이었다. 아무리 번호 하나 차이여도 같은 곳으로 가지 않는다는 생각을 하지 않고, 가고자 하는 곳의 근처에 내려 조금 걸으면 목적지에 닿을 것이라고 생각했다. 어처구니없지만 엄마의 이런 생각은 종종 적중했다. 완전히 다른 방향으로 틀어지는 일들도 없지 않았지만.

"옆집이거나 옆 동이거나 한 거 아니야 엄마?"

엄마의 동의를 구하지 않고 옆집 초인종을 누르고 물었지만 더덕을 주문한 사람은 없었다. 옆 동으로 가보자고 하자 엄마는 단호하게 아니라고 고개를 저었다. 어쨌든 선불을 받았으니 손해 볼 일은 없었고 좌판에 다시 돌아가 그 사람이 올 때까지 기다려보는 수밖에 없었다.

"엄마, 전혀 모르는 사람이야?"

아파트가 생기면서부터 살았으므로 어지간한 사람이면 안면이 있을 것 같은 생각에 물었지만 엄마는 모르는 사람이라고 했다. 좌판은 그대로 있고 엄마가 앉았던 앉은뱅이 방석에는 엉덩이 자국이 우묵했다. 아주 오랜만에 엄마 좌판 옆에 쪼그리고 앉았다. 엄마와 윤석이 가족이 될 수 있을까. 혼기를 지나 마흔을 넘긴 딸내미의 짝이니 드러나게 싫어하거나 반대하지는 못할 것이다. 어릴 적부터 고생만 시킨 똑똑한 딸이 재취 자리로 간다면 무던한 엄마의 잊었던 자책이 푸르르 살아날까. 조금 먹고살 만했더라면, 남들처럼 공부라도 실컷 시켰더라면 하는 뻔한 울분이 일까. 윤석은 선선히 엄마를 가족으로 대할 수 있을까. 엄마 친구들에게 얘기되어질 윤석과 윤석의 가족 선후배 동료들에게 얘기되어질 좌판을 하고 있는 엄마와 나를 생각해본다. 그런 설정을 하면 그와 내가 가족이 될 여지는 추호도 없다는 걸 쉽게 알게 되었다.

"이거 봐라, 오늘은 수표도 받았다."

앞에 찬 주머니에서 지폐 몇 장과 동전을 꺼내 세어보면서 엄마가 말했다. 마수걸이나 고수레를 하는 것처럼 웃으며 '퉤' 하고 침을 뱉는 시늉을 하고 손에 든 수표로 이마를 살짝 쳤다.

"여기 와서 수표 내는 사람도 있어? 정말 희한한 사람들이네."

"그 남자 손님이 내고 간 거다. 잔돈이 없다면서 거스름돈 줄 수 있냐기에 오늘 판 돈 다 털어서 칠만 원 줬다."

엄마가 받은 십만 원짜리 수표는 환한 불빛에 본다면 누구나 식별이 가능한 조악하게 인쇄한 가짜였다. 어둑한 시간을 골라 종이 한 장을 건네고 거스름돈 칠만 원을 가져간 것을 보면 얼마간 엄마의 장사를 눈여겨 보았으리라. 어쩌면 그만한 눈여김의 투자도 할 필요 없을 만큼 젊은 시절부터 사기로 이골이 난 멀지 않은 곳에 사는 늙은 사내일지도 몰랐다. 찬찬히 보지 않고 셈을 치르고 통 크게 수표를 받아 챙긴 엄마에게 화가 났지만, 남은 더덕을 까게 하며 시간을 번 것을 보면 엄마가 아닌 누구라도 걸리면 당했으리라는 짐작이 어렵지 않았다. 먹고살 만한 중년 사내가 좌판을 벌여놓고 있는 할머니의 하루 품을 날름 채갔으리라고 생각하긴 어려웠다. 없이 사는 사람이 없이 사는 사람의 등을 치기 마련이었다. 내가 보고 있는 것이 마음 쓰이고 못내 민망한지 엄마는 오죽하면 나 같은 사람에게 사기를 치겠느냐며 빠르게 체념했다. 엄마는 두어 무더기 남은 더덕 좌판을 주섬주섬 정리하며 무겁게 무릎을 펴고 일어섰다. 아마 내가 없었다면 남은 무더기를 다 팔고서야 자리를 떴을 것이다. 갑자기 피곤이 느껴지고 눈까지 뻑뻑했다. 엄마의 짐을 나누어 들고 아파트 정문으로 들어서면서 혜자를 만나고 곧바로 집으로 가지 않은 것을 후회했다.

엎드려 있는 내 벗은 등을 한 손으로 두어 번 쓸어주며 윤석은 침대에서 허리를 세워 다른 한 손으로 담배를 찾았다. 그가 담배에 불을 붙인 뒤 시작할 말을 나는 알고 있었다. 진지한 내용이든 툭 던지는 한 마디의 말이든 그는 자신의 아내에 대해 말할 것이다. 결코 유쾌하지 못한 순간이었다. 나와 헤어지면 아내가 있는 집으로 가야 한다는 생각을 무의식적으로 하기에 나오는 아내 얘기. 자신의 일정을 예상하고 정리하는 그의 오래된 버릇 탓이었다. 그에 대해 내가 하고 있는 지나친 이해와 오해 중 하나였다.

윤석은 늘 지금 하고 있는 일 다음에 해야 할 것들을 챙기는 사람이었다. 그것은 그의 꼼꼼한 성격 때문일 수도 있고 앞일을 대비해야 하는 활동가다운 면모에서 온 것이기도 했다. 대학 시절 야학의 강학을 시작으로 합법·비합법 시민단체 활동가로 보낸 긴박한 젊은 시절은 앞일을 예측하고 준비해야 하는 습관을 지니게 했을 것이다. 지금 그는 가난한 여공을 가르치던 야학 강학이 아니라 대학과 입시 학원을 오가는 강사이며 내 남자다. 섹스의 마무리를 그의 아내 얘기가 장식하는 것에 익숙한 만큼 그의 과거와 현재에 나는 덤덤한가. 사람은 관심이 가는 것만을 본다. 계절에 맞춰 구두를 사려고 마음먹으면 스치는 사람들이나 만나는 사람의 구두만을 보게 되고 이어링을 바꾸려고 하면 거리를 걷는 여자들과 텔레비전에 나오는 연예인의 귀만을 보게 된다. 아이새도 색을 바꾼 날이면 마주 걸어오거나 전철에서 보이는 여자들의 눈두덩만을 살핀다. 아내에 대한 그의 관심이 나와 섹스를 끝낸 뒤 아내 얘기를 해야 할 만큼 크다고 봐야 하는 걸까. 그럴 리 없었다. 그럴 정도로 아내에 대한 관심이 큰 남자가 이렇게 생활하는 것은 지극히 상식적이지 않았다.

그가 텔레비전 리모컨을 눌렀다. 구웅 하는 짧은 얼마간의 울림 뒤에 사람의 목소리가 들렸다. 장수하고 있는 심야 토론 프로였다. 정당별로 출연한 토론자들 가운데에는 그의 가족인 아내와 이름이 꽤 알려진 그의 동문이 끼어 있었다. 자타 공인 치열했던 우리 시대의 화려한 전리품을 가장 많이 지닌 사람들이었다. 내 생각과 달리 여느 때의 그와 다르게 오늘 그는 아내에 대해 말하지 않았다. 채널을 고정하고 담배를 다시 빼어무는 그의 등이 완강해서 나는 아무런 말도 하지 않기로 했다. 텔레비전 안에서 그의 아내가 말하고 있었다.

현관을 나서서 복도 끝으로 걸음을 옮기는 만큼씩 윤석의 등이 작아졌다. 그의 등이 완전히 사라지기 전에 나는 현관문을 당겼다. 집으로 돌아가는 그의 등을 쳐다보는 현관에서의 몇 초가 그와 지낸 세월보다 녹록지 않을 때가 있었다. 문을 닫고 현관에서 몸을 돌리면 곧바로 나 혼자만의 익숙함을 마주할 수 있었다. 그의 등에서 시선과 몸을 돌리면 확연히 달라지는 이 공간처럼 마음도 세상일도 쉽게 바꿀 수 있다면. 잠깐 사이에 달라진 공간에서 습관처럼 식탁에 앉거나 습관처럼 커피메이커의 스위치를 누르거나 습관처럼 너절한 것들을 주워 담아 챙기거나. 그 너절한 것들을 챙기는 손길이 문득 그가 피우고 남긴 담배 찌꺼기에 멈췄다.

용용 죽겠지

순전히 깃발 때문이다. 이제 겨우 자리 잡아가던 평화로운 일상은 삼각 깃발을 보고 난 뒤 다시 틀어지기 시작했다. 은하연립 골목을 돌아나오는 녀석의 시티100은 제법 폼이 났다. 나는 애써 보지 않는 척 곁눈질을 거두고 정면의 신호등을 쳐다봤다. 녀석의 오토바이가 새 것이기 때문은 아니었다. 길이 잘 든 내 오토바이에 비할 게 못 된다고 마음을 고쳐먹다가도 뒤에 꽂힌 깃발만 생각하면 고개가 푹 꺾였다. 녀석의 오토바이는 은하연립 골목에서 갓길로 돌아나갔다. 그쪽으로 틀었으니 법원 방향으로 빠질 것이었다. 육십 센티 정도의 깃대에 달린 작은 야광 깃발은 강렬했다. 나는 왜 미처 그 생각을 못했을까. 어두운 밤인데도 팔랑거리며 사람의 시선을 잡는 깃발이 머릿속에서 떠나지 않았다.

배달 오토바이 뒤에 적힌 상호를 눈여겨 보는 사람은 별로 없다. 게다가 아무리 크게 글자를 써넣는다 해도 질주하는 오토바이의 상호나 전화번호를 알아보기는 어렵다. 사정이 그런데도 가게 주인들은 배달통의 코딱지만 한 공간이라도 그냥 두지를 않았다. 빽빽하게 박아넣은 글자만큼 배달 한 건을 갈구하는 절박함이랄까 조바심 같은 것만 느껴질 뿐 홍보에 별로 영향을 주지 못한다는 걸 모르는 걸까. 상대적으로 잘나가는 가게들은 오토바이에 치장을 하지 않는 편이다. 무엇보다 조잡하고 촌스러워 보여서 나 역시 아직까지 오토바이에 아무런 표시를 하지 않았다. 이유나 의미도 모르면서 남들이 하니까 따라 하는 짓은 딱 질색이다. 언제부턴가 싫은 건 또렷하고 구분이 쉬워졌다. 좋아하고 마음에 드는 건 내가 우주로 날아가거나 거기서 사라져버리는 것만큼 찾기 어려워졌지만 말이다. 녀석의 깃발은 그런 면에서 달랐다. 유치하게 오토바이에 써붙인 상호들과는 비교가 안 됐다. 상호가 없는 나를 사람들은 그냥 '용'이라고 불렀다.

내 이름은 드래곤 게이트, 용문이다. 여름방학과 휴가로 한창 들썩이던 때였다. 같은 반 원혁이가 전철을 타고 가다가 '팜스테이 탬플스테이'라고 적힌 현수막들을 보고 내게 "저런 식으로 하면 넌 드래곤 게이트네"라고 말했다. 물론 내 이름의 한자는 용용, 문문과는 전혀 다르다. 배달일이 자리를 잡으면서 상호를 만든다면 드래곤 게이트가 어떨까 떠올린 적이 있었다. 원혁이는 지금 뭘 하고 있을까. 대학에 갔겠지. 짜식, 성적은 별로였으니까 재수를 하고 있을지도 몰랐다. 중2 때

성적만으로 재수생 원혁이를 떠올리다니, 픽 웃음이 났다. 신호가 바뀌자마자 법원 방향으로 차선을 바꿔 페달을 세게 밟았다.

할머니는 늘 말씀하셨다. "우리 용문이 용타." 내가 뭔가를 잘못했을 때조차 할머니는 용하다고 바꾸어 말하는 재주를 가졌다. 중1 때였다. 열심히 노력해도 초등학교 성적을 유지하기 힘들었다. 초등학교 졸업 후 겨우 몇 달 사이에 갑자기 많아진 과목과 엄해진 규율에 적응하는 것도 힘겨웠다. 그때 엄마는 이대로 성적이 떨어지면 큰일이니 고삐를 죄야겠다고 생각했던 것 같다. 마침 기말고사 성적표를 받아온 날 할머니가 우리 집에 와 계셨다. 엄마는 혼을 내고도 아빠 오면 두고 보라며 으름장을 놓았다. 할머니가 계셔서 재수 좋게 간단히 끝났지만 엄마는 단단히 벼르는 눈치였다. 어쩔 수 없이 나를 놔주었지만 직성이 풀리지 않은 엄마 때문에 집 안 공기는 냉랭했다. 그때 예의 할머니의 '용하다'가 어김없이 이어졌다.

"우리 용문이 이리 잘생기고 훤칠한데 공부까지 앞서믄 어야노. 세상 공평치 못하구로. 그제? 모다 잘나믄 시샘 마이 붙고 좋을 거 없제. 우리 용문이 용타."

과외와 선행학습에 열을 올렸던 엄마는 이제 어릴 적 꿈에서 본 연기처럼 사라져버렸다. 지금 내 곁에는 할머니의 용하다만 살아있다.

사실 할머니에게 정말 용한 사람은 아빠다. 지금 우리에게 아빠 얘기를 꺼내는 것은 묵언의 금기 같은 것이다. 특별한 약속을 한 것도 아닌데 저절로 그렇게 정해졌다. 그런 계율 같은 금기를 깨고 불쑥불쑥 튀어나오는 할머니의 말 속에도 아직 아빠는 용이다. 친인척 누구도 아빠만한 사람이 없단다. 시내에 있는 고등학교에 턱하니 들어갔고 졸업하고 대처에 나가 대기업에 취직했다. 나라에서 손꼽히는 대기업에 취직한 사람은 동네에서 아빠 하나뿐이라는 할머니의 자랑을 귀가 닳게 들었다. 일가를 이루어 잘 살던 아빠는 개천에서 난 할머니의 용이었다. 할머니의 용은 대량해고 후 무급휴직으로 복직을 기다리던 어느 날 아침 거짓말처럼 세상을 떠났다. 할머니가 입에 침이 마르게 칭찬한 우리나라에서 손꼽히는 대기업은 아빠의 죽음에 아무런 반응도 보이지 않았고 세상은 할머니의 용이 갑자기 사라진 것 따위에는 아무런 관심이 없었다. 아빠의 카드 빚과 5만 원도 안 되는 통장 잔고만 신문과 방송 여기저기에서 사람들의 구경거리가 되었다.

나는 할머니의 용이 아니지만 지금 나를 지켜주는 오 할 이상은 할머니의 전혀 합리적이지 않은 '용하다' 라고 자신한다. 할머니가 내게 말하는 '용타', '총기 있다' 는 할머니와 내게만 통용되는 전매특허 같은 것이다. 점수든 지능이든 숫자로 정하거나 설명하지 못하는 평가는 아무런 소용이 없기 때문이다. 나는 지나치게 빨라진 오토바이 속도를 줄이며 이제 그만 생각을 접으려고 애썼다. 생각이 많아지면 속도에 대한 감을 잃게 되었다.

진미국수 골목 맞은편에서 오토바이가 나오고 있었다. 녀석인가 했는데 더맨5000원 피자였다. 오토바이도 지저분했지만 크기가 너무 커서 배달통 옆구리까지 비져나온 전화번호가 더 가관이었다. 뒤쪽에서 배달통을 보면 전화번호 끝자리가 보이지 않았다. 달리는 오토바이를 입체적으로라도 보라는 말인가. 저런 걸 보면 아무 글귀도 없는 심플하고 깔끔한 내 오토바이가 최고였다. 그런데 그 자신감이 요즘 퍽퍽 깨지고 있었다. 아, 나는 왜 그토록 사소하면서도 무지무지하게 강렬한 깃발을 달 생각을 한 번도 하지 못했을까. 녀석의 깃발은 나름 야심차게 시작한 일이라는 포스를 마구 풍겼다. 도대체 어떤 놈일까. 이 바닥에 일찍 자리 잡은 나를 놈은 알고 있을까. 경쟁자고 뭐고 간에 내 생각은 또 그 깃발에 꽂혔다.

독점 영역이라도 구축하고 있어서 녀석의 등장이 당황스러운 것은 아니었다. 이곳은 도심에 달려 있는 위성 도시인데 몰락의 길을 걷던 신도시 옆에 위치해 있었다. 대도시에 비할 바는 못 되지만 어느 정도 부대시설이 갖춰져 있어서 큰 불편은 없었다. 그 도시의 틈새에 내가 살아가는 방법이 있는 셈

이었다. 작은 규모의 가게를 운영하는 소상인들은 배달원을
따로 두기 어려웠다. 배달원을 둘 만큼 지속적으로 배달 주문
이 들어오는 것이 아니기 때문이다. 그렇다고 배달 주문을 아
예 받지 않을 수도 없었다. 주인이 직접 배달을 하거나 배달
알바를 둘 만한 규모를 지닌 곳 몇을 빼고는 나한테 배달대행
을 맡겼다. 치킨이나 족발은 물론이고 가정식백반, 칼국수,
겨울에는 어묵과 호떡까지도 배달했다.

하는 일에 비해 수입도 썩 괜찮았다. 썩 괜찮다는 의미는
생활하는 데 불편은 없다는 뜻이다. 학교를 다니는 애들처럼
등록금 걱정을 할 필요도 없고 시간은 그들에 비해 상대적으
로 많았다. 큰 빌딩을 산다거나 엄청난 부자가 될 생각이 없
으니까 돈 버는 일에 목숨을 걸 필요도 없다. 매일매일 돈 버
는 일에서 헤어나오지 못하고 평생을 살아야 하는 이유가 과
연 있을까. 돈은 필요한 만큼만 벌면 될 것이다. 물론 필요한
만큼이 얼마인지 그건 생각하기 나름이지만 말이다. 아무튼
나는 필요한 만큼 버는 일을 하면서 하루하루를 살아낸다.

오토바이를 세워놓고 에너지음료 한 캔을 따서 편의점 앞
에 앉았다. 이층 피시방에서 몰려나온 고딩들이 편의점으로
들어갔다. 근처에 지방 대학이 두 개 있지만 고딩들은 아무리
가르마로 난리를 쳐도 티가 났다. 걸음걸이랄까 표정이랄까

아무튼 고삘은 숨길 수 없는 유치함이 있었다. 학교를 관두면서 가장 먼저 한 일은 머리 탈색과 파마였다. 정씨 아저씨네 킹짬뽕 오토바이가 편의점 앞을 지나가고 있었다.

이 지역 상권에서 빅3의 매출을 올리는 킹짬뽕은 전속 배달 알바를 두고 있었다. 쓰레기 수거 오토바이 같다고 내가 핀잔을 줘도 킹아저씨는 "됐어 임마" 한마디 하고는 그만이었다. 킹아저씨 행색을 생각하면 사소하게라도 오토바이를 치장하라는 건 말도 안 되는 일이긴 했다. 장사가 그 정도 되면 체인 피자집 오토바이들처럼 통일성 있게 폼을 내도 될 것이다. 하지만 킹아저씨 감각으로는 절대 무리다. 가끔 한가한 시간대에 옆 가게에서 주문한 빈 그릇을 들고 나오는 아저씨를 보면 가게 주인이 아니라 노숙자가 빈 그릇에 있는 것 주워 먹으려는 비주얼이었다. 촌스럽고 거래처도 아니고 노숙자 같은 킹아저씨랑 내가 지금처럼 나름 가깝게 된 시작은 "됐어 임마"라는 한마디였다.

아빠의 장례를 마치고 할머니를 따라 내려왔다. 날짜도 시간도 모르고 지냈다. 얼마나 지났는지 몇 주일이 지났는지 계속 잠만 잤다. 잠시 일어났다가도 할머니가 차려주는 밥을 먹고 또다시 잠들기를 반복했다. 아무런 생각이 없었고 특별히 아픈 곳이 있는 것도 아니었다. 할머니는 어떤 채근도 하지 않고 누워 잠든 내 등을 쓸어주기만 했다. 잠시 잠이 깨는 때가 밤이든 낮이든 상관없었다. 내게 들릴까 봐 조심하며 내뱉는 할머니의 한숨 소리와 계속 등에서 움직이는 할머니의 손길을 위로 삼아 눈을 떴다 또 잠들었다. 그러다 어느 순간 휑한 느낌에 눈을 떴다. 할머니는 없었다. 먹고 잠만 잔 것 같은데 몸이 많이 축난 느낌이 들었다. 흘러내릴 것 같은 바지를 입고 방을 나서니 허기가 느껴지며 금세라도 쓰러질 것 같았다. 부엌으로 가다가 마당에 잠깐 서 있었다. 걸음이 가는 대로 버스를 타고 읍내로 나와 자장면 집에 들어갔다. 음식을 기다리는 동안 식탁 옆 거울에 비친 내 모습은 오래 굶은 좀비 같았다. 뭘 시켰는지 어떻게 먹었는지는 기억나지 않는다. 자장면 집에서 나와 갈 곳을 생각하지 못한 채 잠을 잘 때처럼 마냥 앉아 있었다. 어디로 가야 할지 생각나지 않았다. 햇살도 거리도 너무나 낯설어 아무것도 떠오르지 않았다. 그때 킹아저씨는 아무 말 없이 내 손목을 잡고 가게로 들어가 홀에 앉히고 우동을 한 그릇 주었다. 아는 사람과 마주 앉은 것처럼 나는 아무런 의심도 말도 하지 않고 깨끗이 우동 그릇을 비웠다. 중국집에도 우동이라는 메뉴가 있다는 걸 그때 처음 알았다. 그 맛은 지금도 생각난다. 입 밖으로 말을 꺼내는 것조차 귀찮고 싫었다. 겨우 고개 숙여 고마움을 표하는 내게 킹아저씨는 등을 돌리고 하던 일만 계속 하며 "됐어 임마"라고 툭 내뱉었다.

　그 뒤로 나는 할머니 집에서 한참 자다 잠이 깨면 킹짬뽕으로 나가곤 했다. 그러다 어느 날 일이 밀려 정신없는 킹아저씨의 배달을 거들게 되었다. 그후 멍하니 가게 앞에 앉아 있다가 일손이 모자라면 스페어로 배달 오토바이를 탔다. 지금 하는 배달대행의 시작이었다. 끼니를 해결하게 된 것 때문이 아니라 아무것도 묻지 않고 말하지 않는 킹아저씨의 침묵이 주변의 누구보다 세상의 어떤 것보다도 위로가 되는 날들이었다. 어떤 철학자는 청춘을 아직 비극에 물들지 않은 생명이라고 했다. 그 말대로라면 아직 내 인생에 비극이 더 남아 있다는 말이 된다. 이런 절망스러운 결론을 생각하면 어느새 자연스럽게 죽음을 떠올리게 됐다. 죽는 것이 두렵지는 않았다. 나한테 그런 일이 생기면 할머니와 용준이에게 닥칠 아픔과 슬픔이 나는 제일 무서웠다. 나는 목이 잠기고 나쁜 생각이 들 때마다 얼른 두 사람을 생각했다. 이미 두 사람이 지니고 있는 슬픔이 나로 인해서 더 커지는 일은 만들지 않겠다고 마음을 바꿨다. 내가 가장 아프고 슬펐던 일을 그들이 또다시 겪게 할 수는 없기 때문이었다. 그러려면 매일 결심이 필요했고 가장 중요한 것은 시간을 견디는 일이었다.

　할머니 집에서 나오겠다고 마음먹은 것도 죽음에 대해 그런 생각을 할 때쯤이었다. 할머니 집은 지구상에서 내가 의지

할 하나 남은 둥지 같은 곳이었다. 할머니가 등을 쓸어주는 시간들이 없었다면 지금의 내가 존재할 수 있었을까. 그렇지만 할머니 집에서는 동생과 할머니의 슬픔이 더해져 내 슬픔도 세 배씩 네 배씩 무거워졌다. 내가 가장 두려운 건 슬퍼지는 것이다. 슬퍼지는 게 싫어서 밤낮 구분 없이 날짜와 요일도 없이 끼니때도 모르고 할머니가 차려주는 밥만 겨우 먹으며 잠으로만 지냈다.

어느 날 내 등에 닿아 있는 딱딱하고 조그만 할머니 등 한 부분이 흔들렸다. 설핏 잠이 깼지만 나는 움직이지 않았다. 그 흔들림은 너무 여리고 깊은 것이어서 방해하면 안 될 것 같았다. 나는 그런 위험이랄까 조심스러움을 익숙하게 감지했다. 베란다에서 떨어지기 전 얼마 동안 보았던 엄마의 등이 눈앞을 스쳐갔다. 그런 떨림은 엄청난 일의 전조이거나 무서운 일이 벌어지는 신호 같은 것이어서 감히 그 다음 일을 짐작해서는 안 된다고 생각하며 숨을 죽였다. 나는 죽은 듯이 한숨을 꾹 눌러 참았다.

등으로 할머니의 울음을 들은 후에 슬퍼지지 않기 위해 새벽부터 밤까지 닥치는 대로 일을 했다. 두려움에서 벗어나려면 죽거나, 그런 생각이 들 틈이 없도록 최선을 다해 하루하루를 사는 수밖에 없었다. 다음이나 내일을 생각하면 멍해지거나 다시 슬퍼질 뿐이었다. 신문 배달, 광고전단 붙이기, 배달, 편의점 알바 등 지쳐서 잠이 들었을 때가 아니면 쉬지 않고 일을 했다. 나쁘지 않았다. 원룸 보증금이 마련되자 취직되었다고 할머니를 안심시키고 짐을 쌌다. 짐이라야 가방 하나가 전부였다. 혼자만의 공간으로 옮기고 나서 시간제로 하던 자잘한 알바들은 일단 정리했다.

죽도록 일만 하고도 겨우 중산층조차 될 수 없었던 아빠처럼 살 수는 없다고 생각했다. 이틀 정도는 꼭 해야 하는 일만 하고 나머지 시간은 잠을 잤다. 태어나서 처음 가져보는 독립된 공간에서 내가 처음 한 일이었다. 꼭 해야 하는 일만 하고 죽은 듯이 잤다. 사흘째 되는 날 할머니 집에 들렀다. 사들고 간 고기를 구워 할머니와 용준이랑 밥을 먹었다. 모처럼 할머니의 편안한 얼굴을 볼 수 있었다. 그후 일주일에 한두 번 꼭 할머니 집에 가는 걸 거르지 않았다. 할머니의 걱정을 만들지 않기 위해 꼭 해야 하는 일이었다.

평일이라 더 이상 콜은 들어올 것 같지 않았다. 혹시라도 녀석의 깃발이 지나가려나 했는데 오늘은 그만 집으로 돌아가는 게 좋을 것 같았다. 피시방 건물의 당구장으로 젊은 남자들 셋이 올라가고 있었다. 엄마의 메시지를 열었다. 아들 밥은 먹었니. 하트 뿅뿅 같은 건 없는 날이었다. 나는 지금도 생전에 엄마가 보냈던 휴대폰 문자를 때에 맞춰 열어보곤 한다.

그냥 건너뛸까 집에 들어가서 때울까 하다가 낑짬뽕으로 방향을 틀었다. 낑짬뽕은 아홉 시에 장사를 끝내지만 홀에 손님이 있거나 배달 주문이 남아 있으면 시간이 지나도 문을 닫지 않았다. 할머니는 굶은 한 끼는 평생 못 찾아 먹는다고 말했다. 한 끼를 거르면 다음에 두 그릇 세 그릇 더 맛있는 것을 먹는다 해도 굶었던 그 시간 그 끼니는 영원히 찾아 먹을 수 없다는 것이다. 귀찮도록 되풀이하는 할머니 말의 뜻을 나는 정확하게 알지 못했다. 까짓 한 끼 안 먹으면 어떻고 배고프면 알아서 먹을 테고 더 맛있는 것으로 먹을 수도 있고 그런 것이 끼니라고 생각했다. 먹는 것보다 중요한 게 세상에 얼마나 많고 많은데 죽어라 끼니를 걱정하는 것이 이해되지 않았다.

할머니는 동생 용준이가 말을 잃은 것은 한 번도 탓하지 않았지만 한 끼라도 밥을 굶거나 입맛을 잃으면 온종일 걱정을 하기도 하고 호되게 야단을 치기도 했다. 말을 하지 않는 것보다 아무것도 하지 않는 녀석의 밥 한 끼에 왜 그렇게 화를 내는지 나는 그저 할머니가 정서적으로 불안정한 것이라고만 생각했다. 그렇지만 밥 먹기가 귀찮을 때마다 할머니의 식사론이 떠올라서 대충 때우기가 어려웠다.

"콜은 좀 있었나?"

킹아저씨는 매운 짬뽕을 주방에서 직접 내오면서 말했다. 그릇 가득 올려진 홍합이 먹음직스러웠다. 나는 홍합 살부터 빼먹느라 대답을 놓쳤다.

"주먹만 한 동네에 무슨 배달을 따로 해먹을 게 있다고들."

가게마다 돌린 홍보 명함을 아저씨가 단무지 그릇 옆으로 내밀었다. 노란 바탕에 초록 깃발 로고가 그려져 있었다. 나는 녀석의 깃발 오토바이에 대해 물어볼까 하다가 관뒀다.

"배달 줄어 술렁거리면 얘기해라."

젓가락질로 짬뽕 면을 들어올리자 빨간 짬뽕 국물이 명함에 튀었다. 명함을 아무렇게나 주머니에 넣었다. 킹아저씨가 따로 담아온 홍합을 내가 먹고 있는 짬뽕 그릇에 올려주었다. 순간적으로 아빠 생각이 머릿속을 스치며 나도 모르게 코가 시큰거렸다. 나는 속내를 들키지 않으려 한 손으로는 젓가락질을 하고 다른 손가락으로는 휴대폰 화면을 톡톡 넘겼다.

아빠는 평생 돈 버는 일이 삶 자체인 줄 알고 살았다. 그러나 벌어도 벌어도 가족 중 누구도 넉넉하다고 느껴보지 못했고 아무도 만족하지 않았다. 늘 고단한 아빠는 우리 형제와 놀아주거나 엄마와 따뜻한 시간을 보낼 여유도 없었다. 쉬지 않고 일했던 아빠는 내게 피곤에 찌든 모습으로 각인되어 있다. 나는 죽어라 일만 하는 아빠처럼은 살지 않겠다고 생각하면서 자랐다.

생계 유지를 위한 노동을 끝내고 지친 몸과 마음으로 여가

활동이나 자아실현을 하고자 할수록 아빠의 삶과 일상은 두 배 세 배로 고단했다. 피곤에 절은 아빠의 잠을 위해, 다음 노동까지의 휴식을 위해 우리 집은 늘 조용하고 고요했다. 아빠에게 우리 가족은 힘이 되는 존재라기보다는 짐이 아니었을까. 아빠가 그런 내색을 한 적은 없다. 오히려 힘이 된다는 말을 들은 것도 같다. 아빠는 말수가 적은 사람이었다. 그렇지만 표정과 태도는 보여주는 것 이상을 보게 하거나 표현하는 것 외의 것들을 느끼게도 했다. 내가 기억하는 아빠의 표정과 태도를 종합해보면 우리 가족은 아빠에게 짐이었으리라는 짐작이 어렵지 않았다.

엄마 아빠의 죽음은 내게 풀리지 않은 실타래 같은 것이다. 이해도 설명도 불가능했다. 내 감정을 나타낼 만한 딱 맞는 단어를 찾을 수 없었다. 사람들이 이것저것 가져다 붙여 하는 말도 적당하지 않았다. 내가 정리하지 못한 생각을 타인들이 제대로 설명하지 못하는 건 어찌 보면 지극히 당연한 일이었다. 나의 혼란스러움 또한 다른 사람이 온전하게 알아줄 리 없었다. 엄마 아빠의 죽음에 대해 말과 글이 쏟아질수록 내 마음 한구석 소외감 같은 것은 더 커지기만 했다.

엄마 생각을 하면 무엇 때문이었는지 어떻게 해야 하는지 알 수 없었고 정리라는 단어만 붙잡고 아주 오랜 시간을 무겁게 보냈다. 생각을 정리해야 한다고 매달려보았지만 달라지는 것은 아무것도 없었다. 아무것도 정리되지 않았고 무어라 이름 붙일 수도 없었다. 홀연히 걸음을 걷듯이 베란다로 몸을 던진 엄마를 생각하다가 비로소 알게 되었다. 세상에는 말로도 단어로도 규명하거나 규정될 수 없는 일이 무척 많다는 것을. 아픔 고통 설움 혼란 어떤 말도 정확하지 않았다. 모두 맞는 말이기도 하고 다 틀린 말이기도 했다. 무엇도 내 마음을 딱 맞게 표현하는 것은 없다는 점만 분명했다.

"몇 번씩 돌려 보고, 시험이라도 봐?"

슬기가 텔레비전을 보면서 내 쪽을 힐끔거렸다. 나는 '이 기회에 나도 상호를 정해볼까', '에이, 꼭 필요한 것도 아닌데 관두자' 하는 생각을 번갈아 하고 있던 참이었다. 야광 깃발을 본 뒤로 이래저래 생각만 많아졌다.

"딴 생각 하느라고 그런 거야."

"무슨 생각?"

아직은 생각이 정리가 되지 않아서 슬기에게 뭐라 대답을 하기가 어려웠다. 깃발 때문이라고 하기도 그렇고 깃발을 단 시티100을 타고 나타난 녀석 때문이라고 말하기도 그랬다. 그럴 땐 거꾸로 질문을 하는 게 상책이었다.

"새로 간 데서 일은 할 만해?"

"다 똑같지 뭐. 그래도 시급 잘 쳐주니까."

법정 최저임금 따위를 슬기가 알 리 없었다. 잘 쳐준다는 말이 문제 있다고 말할까 하다가 참기로 했다. 괜찮다고 생각하고 있는 일에 그런 말은 아무 도움도 되지 않았다. 기분 나빠지고 마음이 상할 뿐이었다. 지극히 옳은 말도 슬기가 느끼고 받아들일 수 있는 정도만 하는 게 내가 슬기와 같이 살면서 지키고 있는 원칙 중 하나였다. 다른 곳보다 시급 삼백 원을 더 주면서 지급 때를 어기지 않는 것만도 슬기는 감지덕지했다. 편의점 사장이 최저임금제를 위반하고 있다는 사실이 슬기에게는 크게 중요하지 않았다.

아빠가 사라지고 내게는 슬기가 생겼다. 생겼다는 표현은 좀 그렇지만 어쨌든. 대부분의 일들은 그렇다. 사라지면 생겨나는 게 있는 법이다. 생활을 가장 크게 지배했던 학교를 관두자 정말 많은 것이 생겼다. 학생이라는 일종의 신분을 버리자 무엇보다 엄청난 시간과 엄청난 비용이 절감되었다. 신분 없음에 따르는 세상의 따가운 시선과 양아치 취급도 곁다리로 얻게 되었지만. 가장 가까웠던 엄마가 멀어지자 할머니와 가까워졌다. 꼭 그렇다. 멀어지면 가까워지는 것이 있고 잃으면 생기는 것이 있었다. 그 둘의 시소를 저절로 깨닫게 되자 살아가는 일이 크게 슬프지도 어렵지도 않은 것 같았다.

“너는 왜 그런 거 그렇게 열심히 봐? 공부한다고 누가 알아주는 것도 아니잖아.”

"무식하긴 싫으니까."

"어차피 사람들이 볼 때 우리 같은 애들은 유식 무식을 따지기 전에 불량이야."

"나이 먹으면 우리도 어른 돼. 우리를 불량이라고 부르는 그런 어른이 안 되는 게 내 목표야."

이쯤에서 잘난 체를 그만 해야겠다고 생각하고 있는데 슬기가 먼저 말을 끊고 텔레비전 쪽으로 고개를 돌렸다.

"너 무식하지 않아."

텔레비전을 보던 슬기가 내뱉듯이 말했다. 젠장, 나도 알고 있다. 내가 무식하지 않은 거. 학교 다니는 애들보다 못하다고 생각한 적 한 번도 없었다. 나는 학교의 문제학생도 아니고 사회의 낙오자도 아니다. 아빠 회사에서 해고된 사람들을 대놓고 욕하는 선생님을 견딜 수 없었고 선생님 말을 따라 서로 반목하는 애들도 싫었다. 학교를 다니지 않아도 얼마든지 학교를 다니는 것 이상으로 배우고 어른스러운 사람이 될 자신이 있었다. 그깟 학생이라는 신분을 유지하기 위해 학교라는 틀에 갇혀 있는 애들이랑 나는 다르게 살고 싶었다. 돈을 벌 수 있고 집세를 낼 수도 있고 궁금한 것이 있으면 찾아서 공부를 할 수도 있었다.

내가 시간을 정해 인터넷 강좌를 빠지지 않고 듣는 것은 학교에서 배우는 교과서 내용 따위에 목말라서가 아니다. 설명하고 싶어서다. 내게 일어난 일들에 대해 조목조목 누구나 알아들을 수 있게 설명할 능력을 가지고 싶다. 무엇보다 죽을 만큼 서럽고 슬퍼도 나를 이렇게 만든 가해자조차 구분할 수 없는 현실에 대해 내 스스로에게 설명하고 싶기 때문이다. 언젠가는 내가 나에게, 내가 다른 이에게 내게 일어난 일은 이런 것이었고 내 마음은 이런 것이라고 설명하고 싶어서다.

슬기가 아르바이트를 나간 뒤에 킹아저씨가 준 홍보 명함을 바지 주머니에서 꺼냈다. 초록 번개는 간단한 물품부터 야식까지 뭐든 배달 가능한 심부름 센터였다. 전화로 배달 문의를 한번 해볼까 하는데 신호음이 울렸다. 배달 콜이 아니라 무창 아저씨였다. 무창 아저씨는 엄마 아빠의 장례를 살펴준 아빠 회사 동료였다. 정기적으로 내게 전화를 하거나 안부 문자를 보냈지만 나는 거의 전화를 받지 않았다. 아빠 동료들 중 자살을 하거나 죽은 이의 수가 스물을 넘어서고 있었다. 전화를 받지 않으면 무창 아저씨는 메시지를 보낼 것이다. 나는 간간이 짧게 답문만 했다. 흔쾌하게 내키지는 않지만 광화문 천막에서 아직까지 해고 투쟁을 하고 있는 아저씨에게 마음의 짐이 되고 싶지 않았다.

나는 그날 보았던 일을 아빠는 물론 무창 아저씨에게 아는 체 하지 않았다. 온 나라의 뉴스에서 며칠씩 떠들어댔던 공권력 투입을 우리 가족끼리도 서로 못 본 척 했다. 영화에서 본 전쟁 장면보다 더 살벌해서 목구멍이 막히고 가슴이 뛰었다. 공포의 현장을 봤다고 아빠에게 말하지 않았다. 다들 지켜보는 지붕에서 사람들이 개처럼 몰려 몽둥이로 맞고 있었고 헬기에서는 가스를 쏟아부었다. 아빠가 들으면 편치 않을 얘기였고 엄마에게는 금기 이상의 문제였다. 엄마는 조금이라도 아빠 회사와 관계된 일에는 지나치게 예민하게 굴었고 아빠 회사 사람이나 그 가족을 만나면 무척 울적해 했다.

중3 때였다. 학년이 바뀌고 자리가 정해진 직후였는데 우리 반 날라리 셋이 먼저 시비를 걸어서 붙은 적이 있었다. 몇 마디 오가는 사이 한 놈이 내 턱을 손가락으로 툭툭 건드렸다. 나는 순간적으로 그 상황에서 어떻게 대처해야 하는지 판단하느라 녀석의 손가락질을 당하고만 있었다. 건드리면 반사적으로 주먹이 날아가거나 욕지거리가 나오는 건 아무나 되는 일이 아니었다. 이성적이고 신중하다는 내 판단력과 지적인 폼은 반사적인 반응 한방이 절실했지만 나는 그렇지를 못해 당황했던 것 같다. 세 녀석과 붙어야 한다는 두려움보다 반 아이들이 보고 있다는 모욕감을 견디기 힘들었다. 수업 종이 울리면서 그냥그냥 정리되었지만 내게 후유증은 무척 오래 갔다. 반 아이들은 큰 싸움이 벌어진 것은 아니었다고 생각해서인지 아무 일 없다는 듯 전과 똑같이 행동했다. 맞은

것도 아니고 서로 길게 욕설을 주고받은 것도 아니었지만 턱
에 남은 놈의 손가락질 촉감과 세 녀석에게 둘러싸인 것, 반
아이들이 다 보고 있었다는 것 등이 창피하고 자존심 상하고
억울했다. 수업 시간에 자꾸만 눈물이 나려고 했다. 무언가
주눅 들었던 것 같은 자괴감도 들었고 놈들의 태도에 순발력
있게 반응하지 못하고 판단이 늦었던 것도 화가 났다. 내가
겪은 사건과는 비교할 수 없을 만큼 큰 일이지만 나는 아빠와
동료들의 마음을 그렇게 이해했다. 그런 생각을 하자 잊어버
린 줄 알았던 엄청난 두려움이 기억에 더해져 심장이 떨리고
까닭 모르는 슬픔이 가슴을 짓눌렀다.

아무렇지 않게 무창 아저씨와 통화조차 못 하면서 나는 책
상 앞에 앉기만 하면 인터넷에서 아빠가 다녔던 회사 소식을
찾았다. 신문 기사의 사진이나 동영상에서 종종 무창 아저씨
의 모습이 보였다. 인터넷 공간의 사람들은 대기업 노조의 이
기적인 행동이 회사를 망하게 했다고 마음 놓고 욕을 했다.
헬기로 유해물질을 퍼붓고 사람들의 얼굴을 향해 작살 같은
테이저건을 쏜 공권력의 진압은 그해의 우수 작전으로 평가
를 받았다. 살인자나 흉악범이 수감된 감옥에서 스무 명이 넘
는 사람이 죽거나 스스로 목숨을 끊었다면 세상은 발칵 뒤집
어졌을 것이다. 가혹행위는 없었는지 시설에 문제는 없는지
개인적인 정서와 환경의 문제는 아닌가를 따지느라 온통 시

끄러울 것이다. 아빠와 동료들의 죽음은 흉악범의 그것보다
도 못한 대우와 관심을 받았다. 무창 아저씨가 지금까지 이어
가고 있는 해고 투쟁은 더 말할 필요가 없었다. 파업이 한심
하고 이기적인 일이라고 치자. 한심한 사람은 죽어도 되나.
이기적이면 죽어도 싼가. 불순하고 잘못한 일이라고 치자. 불
순하거나 잘못한 사람은 죽어도 되나. 아무도 관심 없고 누구
도 시선을 주지 않는 한심하고 이기적이고 불순한 사람이 자
신이 될 수도 있는 걸 어른들은 정말 모르는 것 같다.

초록 번개 명함을 보니 아무런 표시도 없는 내 오토바이에
대한 자긍심이 왠지 초라하게 느껴졌다. 간단하고 눈에 탁 들
어오는 효과도 그만인 깃발을 나는 왜 생각하지 못했을까. 이
런 식으로 감정이 가라앉는 건 위험했다. 나는 마음이 보내는
몇 가지 위험 신호를 경험으로 잘 알고 있었다. 무엇보다 슬
퍼지려는 마음은 절대 금물이었다. 컴퓨터 프린터에 스티커
용지를 밀어넣었다. 하얀 은박 스티커 용지에 내가 정한 상호
를 시험 인쇄했다. 녀석의 깃발에는 미치지 못하는 듯했지만
글자가 깔끔하게 무지개 빛으로 반짝거렸다.

일이 풀리지 않거나 많이 지치는 날이면 할머니 집에 갔다.
할머니와 용준이를 보면 주저앉던 마음도 다잡아서 추스를
수 있었다. 집에서 나와 인쇄한 스티커를 배달통 뒤쪽 사이드
에 붙이고 소리 나게 탁탁 엉덩이를 두드렸다. 반짝거렸지만

글자가 눈에 확 띄지는 않았다. 그래도 오토바이에 올라타는 기분은 새로웠다. 차차 색이나 디자인을 고민하고 보완도 해야겠다고 생각했다. 시험 인쇄치고는 크기나 서체가 너저분하거나 촌스럽지는 않았다. 녀석의 깃발이 주는 기발함에는 여전히 많이 부족했다. 할머니가 좋아하는 읍내 정수닭집에서 치킨을 한 마리 샀다. 안면 있는 알바가 닭 모래집을 잘게 튀겨 서비스로 넣어주었다. 계산을 하고 있는데 녀석의 깃발이 시장 샛길에서 내가 서 있는 닭집 쪽으로 경적을 울리면서 지나갔다. 나는 거스름돈을 받는 둥 마는 둥하며 눈으로 녀석의 깃발을 쫓았다.

속력은 보통 수준이었다. 할머니 집과는 반대 방향이었지만 끝까지 따라가보기로 했다. 어떤 녀석일까. 명함까지 찍어서 돌린 것을 보면 호락호락한 놈이 아닌 것은 분명했다. 그는 뒤에서 따라가는 내 존재를 알아차리거나 신경 쓰는 것 같지 않았다. 나와 몇 번 스쳤는데도 아는 척 하지 않는 것을 보면 이 지역 출신은 아닐 것이다. ○○리 논길을 따라 폐쇄된 마을버스 종점으로 녀석의 깃발은 곧장 들어갔다. 그 쪽은 막다른 길이었다. 나는 종점 공터가 잘 내려다보이는 옛 성곽으로 올라가 오토바이를 세웠다. 언덕에는 잔잔한 밤바람이 불고 있었다. 깃발은 하나가 아니었다. 한눈에 봐도 열 대는 넘을 것 같은 오토바이에 정연하게 꽂힌 초록 깃발들이 팔랑거리고 있었다. 가건물 컨테이너의 환한 불빛이 공터를 비추고 있었다. 초록 번개 간판에는 전국 체인 문의라고 적혀 있었다. 초록 깃발에 나란히 그려진 번개 문양을 바라보면서 배달통 뒤에 붙은 스티커를 만졌다. 용. 용. 죽. 겠. 지. 스티커의 글씨가 양각처럼 손바닥에 닿았다. 눈을 찌르는 바람 때문에 코끝이 찡했다. 나는 울지 않는다. 울면 슬퍼지기 때문이다. 할머니 집에서 나온 뒤로 한 번도 눈물을 흘리지 않았다. 할머니가 좋아하는 정수닭집 치킨이 들어 있는 배달통이 아직 따뜻했다.

쓸쓸한 수면의 조도

노부부는 산책로가 아닌 그 옆 등산로로 향하고 있었다. 부담 없이 걸을 수 있는 산책로가 아니라 등산로를 택해 산행하기에는 좀 어중간한 시간이었다. 뒷짐을 지고 앞서 걷는 남자를 따르는 여자의 화장이 고왔다. 아침 시간이 지난 평일에 여기에 오는 사람은 매일 소일 삼아 산을 오르는 팔자 좋은 노인들 아니면 그저 등산이 건강에 좋다는 말을 믿고 한 번쯤 산을 오르는 초보 둘 중 하나다. 이곳은 버스 정류장과 한참 떨어져 있었다. 게다가 승용차 주차장이 없기 때문에 휴일이 아니면 거의 다니는 사람이 없었다.

이야기를 주고받으며 노부부가 내 쪽을 힐끔거렸다. 지나는 사람이 없는 평일 등산로 입구에서 만난 나는 그들에게 위협적일 정도는 아니겠지만 신경이 쓰이는 노숙자로 비칠 것이 분명했다. 온정적인 노인들이라면 몇 푼의 돈을 쥐어줄 수도 있었다. 나는 일어서서 하고 있던 스트레칭을 멈추고 벤치에 가만히 앉아 그들이 사라지기를 기다렸다. 사람들은 움직이고 있는 나보다는 움직이지 않는 내게 안전함 또는 안정감을 느꼈다. 내 배려의 마음과 상관 없이 노부부는 눈에 띄게 걸음을 서둘렀다. 그들의 경계심과 불안만큼 걸음은 빨랐다. 아직 밖에서 잠을 자기엔 날이 추웠다. 아침 해가 올라올 때 벤치에 자리를 잡고 잠을 청했는데 몸이 여느 때보다 뻐근했다. 노부부가 사라진 등산로 숲길을 따라 여린 나뭇잎이 반짝이는 저 산을 넘으면 내가 살던 아파트가 있었다.

  실직을 당한 당황스러움에서 조금은 헤어나와 하루를 온전히 혼자 쓰는 생활에 익숙해질 즈음이었다. 나는 수선스러운 낮 시간을 피해 해가 질 무렵 바람도 쐴 겸 집을 나섰다. 딱히 행선지가 있는 것은 아니었고 그저 조용한 골목을 택해 동네를 한 바퀴 돌 셈이었다. 차가운 공기가 몇 날 며칠 집 안에만 틀어박혀 있던 내 가슴속을 개운하게 해주었다. 한적한 곳으로 걸음을 옮기다 옆동네까지 오게 되었고 산으로 이어진 산책로를 발견했다. 그후로 오후나 저녁 무렵 그 길을 즐겨 찾았다. 그렇게 시작한 산책은 스물네 시간 중 가장 중요한 일과가 되었다. 매일 아침 일찍 집을 나서서 산 곳곳으로 이어진 여러 코스의 산책길과 걸음을 쉴 만한 공간과 등산로들을 책갈피 넘기듯 살피며 하루를 채웠다. 걸음이 조금씩 길어지면서 산을 넘게 되었고 지금 이곳도 알게 되었다. 그리고 그녀를 만난 그날 이후 나는 저 산 너머 집으로 돌아가지 않았다. 이곳은 그녀의 집과 가깝다.

애써 목소리를 가다듬고 핸드폰을 터치 했다. 지금까지 침
대에 누워 있는 걸 들키고 싶지 않았다. 오전 열한 시가 넘은
시간이었다. 출근을 하라고 세상이 정해놓은 보편타당한 진리
에 내 행위는 대단히 위배되었다. 출근 시간을 진리라고 하는
것은 무리가 있지만 보편이라는 것들은 가끔 진리 이상으로
힘을 발휘했다. 보편타당한 것을 어기게 되면 잠깐의 희열은
있을지 모르지만 대신 꾸준한 피곤을 얻게 되기 마련이었다.
　"오늘 이박 생일인데 모이자."
　두수는 내가 나오는 것을 기정사실화하고 통보하는 투였
다. 이박은 이혼을 하고 혼자인 이민재를 두고 하는 말이었다.
서로 합의를 한 바는 없었지만 우리는 러시아 유학 십 년 만
에 겨우 얻은 박사 학위를 별명처럼 이름 뒤에 붙여 불렀다.
　"생일은 무슨……."
　무심코 우리 나이에 생일까지 챙겨야 하나 싶어 심드렁하
게 말이 튕겨졌다.
　"야, 이혼하고 얼마 안 됐고……. 이 기회에 얼굴이라도 보
면 좋잖냐."
　자식, 오지랖도 넓다.
　"이 놈 저 놈 홀아비만 넘쳐나겠다."

아내 없이 혼자인 내 처지까지 얹혀져 자조 섞인 중얼거림
이 흘러나왔다.

샤워를 한 후 팬티를 입지 않은 채 벗어놨던 나이트가운을
맨살 위에 아무렇게나 걸쳤다. 잠결에 몸을 조이는 갑갑함이
싫어 속옷을 벗어버렸고 몸이 온전히 자유로워지자 수음을
했었다. 전신을 비추는 먼지가 낀 거울 앞에서 기지개를 켜는
것처럼 어설픈 스트레칭을 하고 오랜만에 빠르게 숙변을 봤
다. 그녀의 교성에 나를 맡기고 치른 수음과 다시 혼자 한 수
음 탓에 약간 기운이 없었다. 그러나 몸은 가벼웠다. 단맛이
나는 인스턴트 믹스 커피를 마시고 싶었지만 커피 통은 비어
있었다. 내내 닫혀 있던 거실 커튼을 열었다. 어스름하게 잔
뜩 흐린 날이 마치 새벽처럼, 겨울처럼 시간을 잊게 하고 있
었다. 문득 아내가 생각났다. 거실에서 차를 마시며 주방이나
다른 방에 있는 아내의 기척을 느끼고 싶은 마음이 간절했다.

아내는 아직 나의 실직을 몰랐다. 함께 있었다면 도저히 있
을 수 없는 일이었다. 내가 직장을 잃은 사실을 숨기고자 미
리 의도한 것은 아니지만 어쨌든 그렇게 되었다. 아내와 아이
들과 같이 지내고 있었다면 실직은 물론 지금의 내 생활방식
을 유지하는 것도 어림없을 것이었다. 아내와 아주 멀리 떨어
져 있다는 건 부채와 관계된 일에서도 자유로웠다. 집요하고
끈질기게 추심을 하는 은행 관계자들과 실랑이를 할 때면 아

내가 먼 곳에 있다는 것이 정말 다행스러웠다. 실직을 하고
별 생각 없이 필요한 대로 카드를 썼고 두어 달이 금방 지나
갔다. 월급에서 최소한의 내 생활비와 용돈만 제외하고 남은
돈을 모두 부쳐도 아내와 아이들에게 필요한 돈은 늘 빠듯했
다. 환율까지 들썩거리면 아내의 초조함은 고스란히 내게 전
달됐다. 카드로 할 수 있는 만큼의 현금서비스를 받아 아내에
게 송금했다. 두 달이 되지 않아 카드사의 독촉이 시작되었
다. 그들은 돈을 구하는 방법까지 알려줬다. 야무지지 못한
나는 허둥대다가 이자를 불렸고 느슨한 일처리로 연체를 거
듭했다. 집을 담보로 대출을 해서 카드 회사 네 곳과 깔끔하
게 정리를 했다. 그후에도 일자리는 구해지지 않았다. 원상복
구가 되든가 얼추 회복이라도 되면 말할 생각이었는데 아내
에게 말을 꺼내기에는 이미 너무 많은 것이 변해버렸다.

민재는 약속 장소인 술집에 먼저 와 있었다. 민재의 차림이
편안해 보였다. 그는 요즘 지면에 글을 쓰기도 하고 텔레비전
영화 프로에도 잠깐씩 얼굴을 내밀고 있었다. 우리 중에서
하고 싶은 일을 하며 먹고 사는 유일한 녀석이었다.
"생일 축하한다."
민재의 어깨를 치며 옆자리에 앉았다. 민재는 마시고 있던
잔을 비우고 내게 건넨 후 술을 채워주었다.

"같이 사는 거 아니냐?"

이혼의 원인이 되었던 민재의 내연녀를 두고 내가 물었다. 민재는 살던 아파트를 전처에게 주고 오피스텔에서 살고 있었다. 생일이라면 아내를 물리친 그 여자와 함께하는 것이 당연하지 않을까 해서 건넨 말이었다. 민재는 아내의 이혼 요구를 쉽게 받아들였다. 아이가 없는 민재 부부의 이혼은 일사천리로 진행되었다. 적어도 밖에서 볼 때 복잡한 문제는 없어 보였다. 이혼 전에 민재의 아내는 아이를 갖고 싶어했지만 민재는 아이를 원하지 않았다. 자식에게 일등이 아니어도 좋다고 일관되게 말하며 키울 자신도 없고 일등이 아닌 자식을 평생 지켜볼 자신도 없다는 게 민재의 변이었다. 다분히 낭만적이고 치기 섞인 시절에나 함직한 민재의 말을 전부 믿은 것은 아니지만 어쨌든 민재에게는 자식이 없었다.

"서로의 자아실현을 도와주긴 하지만 같이 살 생각은 아직 없어."

"자아실현?"

민재는 더 설명하지 않고 술잔을 비우며 웃기만 했다. 민재는 내가 아내와 아이들과 떨어져 지내는 것이 대단히 불합리한 가족애라고 흥분한 적이 있었다. 여자와 준동거를 하고 있으면서도 민재는 가정을 가진다거나 아이를 가질 생각은 여전히 없어 보였다. 민재의 말처럼 나와 아이들과 아내는 불합리한 관계인가. 허긴 세상에 존재하는 어떤 형태의 사랑이 불합리하지 않을 수가 있겠는가.

혼자 국내에 남아 아내와 아이들 뒷바라지를 하는 나를 주변 사람들은 대단하다고 했다. 가족과 떨어져 있는 시간이 한 해 두 해 길어지면서 그런 시선은 차츰 달라졌다. 궁상스러운 홀아비를 보듯 동정의 마음이나 염려를 드러내는 경우가 많았다. 나도 처음에는 혼자 지내는 시간을 활용하여 이것저것 자기관리를 해보기도 했지만 그런 의욕도 점차 사라졌다. 언젠가부터 내 생일이나 명절에 오가는 부모님도, 처가 식구들과의 연락이나 만남도 불편해졌다. 친구들의 경조사 때 부부 동반이라도 하게 되면 내 스스로 위축되면서 상대 부부가 나를 어떻게 볼까 신경이 쓰였다.

"자아실현, 그거 아주 중요한 덕목이지. 혼자인 넌 도대체 어떻게 하나?"

두수가 가방을 옆자리에 놓고 앉으면서 말했다. 대기업 과장인 두수는 와이셔츠에 맨 넥타이를 느슨하게 풀면서 종업원을 불러 술잔부터 챙겼다. 오입과 바람은 분리해서 생각해야 한다는 주장을 꽤 그럴싸하게 포장하는 능력을 지닌 놈이었다. 녀석은 그게 아내에 대한 도리이자 예의라고 괴변을 늘어놓곤 했다. 단순한 육체적 즐김을 아내에게 들키는 인간들을 두수는 경멸했다. 당연히 민재의 이혼도 어리석은 일이라며 만류했다. 민재가 말했을 때는 자아실현이라는 단어가 무엇을 뜻하는지 알 수 없었는데 두수의 말을 들으니 감이 왔다. 섹스를 굳이 자아실현으로 바꾸어 말하는 두 녀석이 비위에 거슬려 급하게 잔에 남은 술을 입에 털어넣었다.

"미친놈."

중얼거리듯 내뱉는 내 말에 두수는 아랑곳하지 않았다.

"자아실현보다 더 즐거운 일이 인생에 어딨냐? 가끔 진짜 궁금한데, 너도 자아실현을 하기는 하냐?"

아내와 아이들의 미국 생활이 길어질수록 이런 식의 호기심을 노골적으로 표현하는 이들도 많아졌다. 지극히 사적인 범주의 이 일을 서로 공유하면서 남자들은 우정을 확인했다. 나도 암묵적으로 그런 우정의 확인에 동조한 적이 있을 것이다. 하지만 실직을 했다는 피해의식 때문이었을까, 술잔을 기울이면서도 영 입이 떨어지질 않았다.

근래 내게 가장 커다란 위안은 그녀였다. 그녀와의 만남이 있다는 사실이 실직 후 내게 커다란 안정감과 위안을 주고 있었다. 처음 얼마간은 그녀와 만나고 나서 오는 허탈감과 공허함으로 혼란스럽기도 했다. 그러나 점차 그런 허탈감을 떨쳐버리게 되었고 온전히 그녀를 기다리고 그리게 되었다. 그녀와의 이야기를 할까 망설이다가 마음속으로 고개를 저었다. 녀석들의 여자와 관련된 무용담과 경험담을 듣는 거야 할 수 없지만 내 얘기를 섞을 필요는 없었다. 여자 문제에 대한 내 침묵을 친구들은 혼자 지내면서도 딴 짓을 못하는 결벽증이라고 치부했다. 그럴 때마다 아내 없는 내 생활이 가십거리가 되고 있는 것 같아 기분이 상했다. 역시 그녀와의 얘기를 꺼내는 것은 좋은 선택이 못 된다는 결정이 어렵지 않았다.

조금씩 시끄러워지는 술집에서 잔이 도는 만큼 이야기도 많아졌다. 그렇지만 나는 한번 다문 입을 좀처럼 열지 못하고 있었다. 그녀의 이야기뿐 아니라 내가 일자리를 잃었다는 사실 또한 녀석들에게 말할 필요는 없었다. 내가 그럭저럭 불편을 느끼지 않고 지낼 만하다고 생각하는 것, 아니 오히려 전에 없는 안락함과 평온함마저 느끼며 점차 자족하고 있는 것을 녀석들은 이해하지 못할 터였다. 낮 시간을 산책으로 소일하며 십여 년을 살면서도 몰랐던 동네의 새로운 길을 발견하고 햇살의 방향까지도 눈여겨보게 된 일상을 이민재나 두수에게 설명할 방법을 나는 알지 못했다. 같은 언어를 쓰지만 그들에게 나를 알릴 수 있는 말은 없었다. 일방적인 단절로 비칠지 모르지만 지금 내 일상의 중요한 부분과 단상들을 그들은 듣고 싶어하지 않을 것이고 나 또한 그들에게 알아듣게 말하는 법을 알지 못했다.

성생활을 자아실현이라고 말하며 시작한 얘기는 내게 집중되었고 두 녀석의 물음은 집요했다. 다른 얘기를 하다가도 자꾸만 내게로 쏠리는 녀석들의 관심에 그녀와의 일을 말할까 계속 갈등이 생기기도 했지만 실직 이후의 생활 모두는 어차피 녀석들에게 이해받기 어려운 일이었다. 사춘기 시절 수음을 하다가 또는 수음을 한 흔적을 부모님에게 들켰을 때처럼 내 자신이 희화화될 뿐 의미 없는 일이라고 생각하며 나는 끝내 입을 열지 않았다.

화제가 내게 쏠리는 것을 피하는 자연스런 방법으로 화장실에 갔다. 앞섶을 추스르며 녀석들이 말한 자아실현의 도구를 바지춤으로 밀어넣다 나는 손을 멈췄다. 화장실 밖에서 들리는 목소리. 나는 바지 지퍼를 잡은 채 숨을 참으며 온 신경을 귀로 집중했다. 여자가 통화를 하고 있었다. 시끄러운 술집 안을 피해 화장실 복도에서 통화를 하는 여자의 목소리는 웃음이 섞여 어제 나와 통화할 때와 약간 다르긴 했지만 분명 그녀였다. 화장실 통로로 가서 그녀를 확인하고 싶다는 생각을 하며 지퍼를 마저 채웠다. 입구 쪽으로 몸을 돌리고 나는 망설였다. 그녀의 목소리를 계속 듣기에는 화장실에서 나가는 것보다 지금의 위치가 안전하다는 생각이 들었다. 그녀의 통화가 끝나가고 있었다. 말을 맺고 그녀가 움직였다. 나는 서둘러 화장실에서 나왔다. 그녀는 우리가 앉은 자리와 세 테이블 떨어진 곳에 같은 또래 남녀 둘과 함께 있었다. 나와 처음으로 함께 마스터베이션을 하던 날의 그녀 목소리가 선명하게 떠올랐다.

그때 나는 습관처럼 열어둔 가족 홈페이지 창에서 아내와 아이들의 사진을 보고 있었다. 함께 열어놓은 채팅 창의 화면 밑줄 바가 깜빡였다. 가족 홈페이지 창을 닫고 보니 모니터에는 여자의 인사가 올라와 있었다. 내 인사에 여자는 다시 인사를 했다. 여자가 웃었다. 웃음을 그리는 이모티콘이 낯익었다. 간혹 문장 끝에 붙이는 특별한 이모티콘. 나는 몇 번 새벽까지 대화를 나눈 적 있는 그녀를 떠올렸다. 직업을 잃은 것에 대해 내가 불안과 부끄러움을 내비치자 그녀는 이렇게 말했다. 백수인 사람과 연애를 하는 건 그다지 문제가 되지 않는다. 상황이 허락할 때 감정이 허락되는 만큼 서로 나누면 된다. 경제적인 약간의 어려움은 데이트를 지혜롭게 하는 여러 가지 방법으로 커버 할 수 있다. 온라인에서의 우리 데이트는 시공의 제약이 많지 않으므로 그에 알맞다. 이쯤 얘기를 나눈 나는 그녀의 가벼움이 경박하게 느껴지기보다는 오히려 부담이 없어 좋았다. 얘기를 나눠보니 나이나 닉네임에 비해 약간 어리게 느껴졌다. 비현실적인 이상을 지닌 순진한 구석이 있는 여자인가 싶기도 했지만 그날 나는 실직에 대한 그녀의 말에 위로를 느꼈다.

슬픈 유희, 그녀의 닉네임이었다. 모든 유희는 어차피 슬픈

거 아닌가. 특히 인터넷 공간에서의 즐김은 더욱 허탈하고 슬프기 마련이었다. 사람들은 유희라는 말에서 쾌락이나 즐거움만을 연상하지만 유희에는 긴 여운의 슬픔이 내재되어 있는 경우가 많았다. 그녀의 닉네임은 그런 유희의 이면을 이해하고 있는 듯했다.

비음을 섞어가며 직업적으로 폰섹스를 하는 여자들을 제외하면 채팅 상대들은 대부분 인터넷상에서 몇 시간씩 진한 음담을 나누다가도 내가 전화번호를 찍으면 인사도 없이 접속을 끊고 사라지곤 했다. 그런데 그녀는 내가 전화로 대화를 나누자고 하자 별 조건 없이 응했다. 화면에 내 번호를 올리자 발신자 제한으로 곧바로 전화가 왔다. 의외로 단정한 목소리였다. 준비된 듯이 아주 익숙해서 직업적이거나 상습적인 폰섹스의 느낌을 주는 지금까지의 여자들과는 사뭇 달랐다. 조금 뜨악한 면은 있었지만 다르다는 것은 약간의 긴장과 새로움을 주었다. 그녀는 담담한 어조로 내 옷차림을 물었고 옷가지를 하나하나 부드럽게 벗기기 시작했다. 얼마 지나지 않아 그녀의 목소리에 이끌려 그녀를 상상하며 발기했다. 그녀의 직설적인 표현들이 몸 구석구석을 핥을 때마다 나는 최면에 걸린 사람처럼 한 손으로 성기를 잡고 흔들었다. 숨소리가 거칠어지자 그녀는 진하고 자연스러운 교성으로 초라한 내 배설을 도왔다. 그날 이후 나는 매일 채팅 창을 열고 방을 개설하고 그녀를 기다렸고 그녀는 그 방에 수시로 드나들었다.

그녀와 일행이 술자리를 정리하고 일어섰다. 두수가 회사 사정과 요즘의 경제 정책을 얘기하며 불만을 토로하고 있었다. 민재는 지방 대학의 강의를 맡게 될 것 같다며 두수의 말을 받고 있었다. 각자 다른 얘기와 대답을 하면서도 둘은 대화를 이어갔다. 그녀가 술집 문을 나서고 있었다. 나는 잠시 망설였다. 자리를 털고 일어나야 할 것 같긴 했지만 두 녀석에게 뭐라고 해야 할지 얼른 떠오르지 않았다. 그녀가 술집 문 밖의 어두움 속으로 사라지고 있었다. 결국 자리에서 일어설 아무 핑계도 만들어내지 못한 나는 급한 일이 생각난 것처럼 뒤도 돌아보지 않고 빠르게 튕겨져 나왔다. 그녀는 일행과 헤어져 전철역으로 들어서고 있었다. 프로필을 보며 상상했던 것보다는 어려 보였다. 저 여자가 나와 두 달이 넘도록 밤을 보낸 그녀인가.

32세 회사원, 채팅 사이트에 올라와 있는 그녀의 프로필은 간단했다. 그 이상의 것을 알자고 해봐야 별 소용 없는 짓이었다. 어쩌면 그것조차 몰라도 상관없었다. 나이나 직업이 많은 것을 말해준다고 생각할 수도 있지만 그것만큼 속기 쉬운 명제도 드물었다. 도대체 사람을 대면함에 있어 나이라는 것이 어떤 쓸모가 있는가. 자신보다 나이가 많은 사람이라 해도 직급이 낮거나 돈이 없는 사람을 대할 때면 자신도 모르게 가슴 저 밑바닥에 그 사람을 깔보는 생각을 갖게 된다. 회사원, 그 또한 정말 막연한 직업이었다. 아무것도 짐작하기 어려운 하나마나한 얘기로 칸을 채운 것이다. 세상의 많은 직종과 다양한 규모의 회사에 다니는 사람 모두가 회사원이 아닌가. 하지만 월급을 받아 생활한다는 것과 미혼이라는 것을 짐작할 수 있으니 그거면 그만이었다. 그조차 아닐 수도 있지만. 그녀가 어떤 사람인지와 상관 없이 내게는 늦은 밤이나 새벽에 귀를 울리는 그녀의 교성이 필요했다. 그녀와 관계를 맺은 지 석 달이 되어가고 있었지만 나는 그녀와 만날 생각을 한 적은 없었다. 채팅 사이트에서 방을 개설하면 그녀가 들어왔고 서로 일상적인 얘기부터 은밀한 정담까지 별 거리낌 없이 나누다가 침대에서 목소리를 들으며 서로의 흥분이 최고조에 달하도록 자극했다.

그녀가 전철에 올랐다. 점점 그녀라는 확신이 강해졌다. 내가 부르면 내 목소리를 알아듣고 그녀가 뒤를 돌아보며 환하게 웃어줄 것 같은 상상으로 손에 땀이 묻어났다. 그녀는 전철 문에 한쪽 어깨를 기댄 채 창밖의 한강을 보고 있었다. 창 너머로 보이는 한강의 야경은 어스름한 감색 빛깔의 조명으로 이국적이기까지 했다. 듬성한 사람들 틈 사이로 자신에게 꽂혀 있는 내 시선을 그녀는 전혀 느끼지 못하는 것 같았다.

전화를 걸어 그녀임을 확인하고 싶었다. 주머니에 손을 넣었다. 핸드폰이 만져지지 않았다. 집에서 가지고 나오지 않았는지 술집에 두고 나온 것인지 아래위로 주머니만 계속 더듬었다. 술집 화장실에서 들었던 그녀의 목소리를 다시 듣고 싶었다. 뚫어지게 자신을 보고 있는 나를 그녀는 의식하지 못했다. 그녀의 무심함에 긴장이 풀리면서 나도 모르게 꼭 쥐고 있던 주먹을 폈다. 말을 걸어 나를 알리고 싶었다. 어제 새벽까지 나누었던 이야기와 나를 찬찬하게 훑던 그녀의 입김과 손길을 생각했다. 이상하게 발이 떨어지지 않았다. 그녀와 나 사이에 위험 방지를 위해 설치된 전철 승강장의 유리문이 가로놓여 있는 것 같았다.

집으로 돌아오는 마지막 전철 안은 한산했다. 창 너머로 아내의 얼굴을 그려보았다. 희미한 윤곽만 드러날 뿐 상이 잘 잡히지 않았다. 사진 속의 아이들 얼굴을 떠올렸다. 두 아이 모두 공부를 잘하고 있다고 아내에게 들었지만 하루가 다르게 커버리는 아이들을 못 본 지 너무 오래되었다. 아내와 아이들이 떠나고 얼마간은 짧은 메일을 확인하면서도 하루를 웃음으로 정리했다. 서로의 기운을 북돋고 가족의 사랑을 확인하는 답장을 하며 가장으로서의 자부심에 부풀었다. 세칭 기러기 아빠라는 말에 서정성조차 느끼며 자족하기도 했다.

아내와 아이들의 목소리를 전화로 들을 때마다 타지에서 고생하는 것이 혼자 지내는 내 처지보다 안쓰러웠다. 메신저로 안부를 묻고 그리움을 나눌 때마다 남들과는 다르게 살고 있으니 그들보다 더 나은 미래를 그릴 수 있으리라는 희망에 들뜨기도 했다.

아내와 아이들은 그곳에서 언어적 소통이 안 되는 것을 가장 힘들어했다. 그러나 얼마 지나지 않아 세 식구가 미국에서의 일상을 내게 전하는 일이 점점 뜸해지기 시작했다. 아내의 영어가 유창해질수록 나와의 애달픈 통화는 줄어들었다. 가족의 친화를 자랑하던 홈페이지에서도 간혹 우연히 들른 방문자 외에는 아내와 아이들의 흔적을 찾기 어려웠다. 자질구레한 일상이 매일 반복된다는 생각에 나도 특별히 글로 올릴 만한 일들이 생각나지 않았다. 습관처럼 매일 들어가 아내와 아이들의 사진만 클릭 하다가 홈페이지를 닫곤 했다. 퇴근 후 아무도 없는 집에 들어오고 방문의 흔적이 전혀 없는 홈페이지에서 쓸쓸함과 허전함을 느끼는 일에 나는 익숙해져갔다.

주차장을 지나며 하늘을 봤다. 불이 켜지고 꺼진 촘촘한 창문들이 이 빠진 입 속처럼 스산했다. 한참 동안 거들떠보지 않은 우편함을 살폈다. 수북한 광고 전단을 빼내고 필요한 것들을 챙겼다. 관리비 미납 고지서와 은행에서 보낸 아파트 경매처분 통지서가 들어 있었다. 더 이상 아내에게 숨길 수 없을 것 같았다. 그러나 어디서부터 이야기를 해야 할지 알 수 없었다. 아내는 가족 모두의 이민을 내게 꾸준히 권했다. 수속을 밟고 미국으로 나만 움직이면 된다는 것이었다. 이민이 쉬운 것은 아니지만 아내 말로는 우리 가족의 이민 조건이 그다지 까다롭지 않을 거라고 했다. 그곳으로 갔을 때 내 존재가 우리 가족에게 더 유용한가. 사회를 지탱할 생산인구를 충당하는 것이 이민이라면 난 그 사회에서 얼마만한 필요로 계산될까.

조금 전 만났던 그녀가 보고 싶었다. 집 안으로 들어서자마자 컴퓨터를 켰다. 아내의 얼굴이 생각나지 않았다. 컴퓨터가 부팅 되는 시간이 초조할 만큼 길게 느껴졌다. 그녀가 보고 싶다. 모니터 바탕화면 가득 우리 가족은 웃고 있었다. 아이들이 아주 어릴 때 공원에서 찍은 사진이었다. 큰아이가 비둘기들에게 달려가고 비둘기들이 놀라 날아오르고 있었다. 비둘기 모이 봉지를 들고 웃고 있는 아내는 젊고 밝았다. 홈페이지에 있는 아내와 아이들의 사진을 한 장씩 클릭 했다. 아내의 얼굴이 뿌옇게 멀어지면서 자꾸만 윤곽이 흐려졌다. 눈을 훔쳤다. 모니터 가득 전철에서 본 이국적인 강을 배경으로 그녀가 웃고 있었다.

담보로 묶인 집의 경매처분 최종 시한이 하루 앞으로 다가와 있었다. 집마저 없어지면 그 동안의 내 수고는 이제 아무

곳에도 남지 않는다. 아내에게 설명할 방법이 생각나지 않았다. 아내의 사진과 그녀를 기다리며 열어놓은 모니터 창을 반복적으로 계속 클릭 했다. 그녀를 만나기 위해 열어놓은 채팅 창 위에 마우스를 멈추고 아내를 생각하다 다시 아내의 사진이 들어 있는 화면을 열었다. 전철에서 보았던 그녀의 얼굴이 아내의 사진에 겹쳐졌다.

나는 내 가족을 사랑한다. 남자가 여자에게 사랑하므로 많은 걸 해주겠노라, 믿어 달라 할 때 그 말을 곧이곧대로 믿는 여자는 많지 않다. 그러나 곁에서 지속적으로 그런 말을 하면 대부분의 여자들은 그 말을 믿고 의지하고 싶어한다. 사람을 온전히 떠안는 것이 불가능하다는 것을 그때는 모른다. 어떤 사람도 다른 사람을 온전히 감당할 기운은 없다. 의도하지 않았으나 나를 의지해도 되노라고 상대를 속인 것이며 의도하지 않았으나 생의 한 부분을 상대에게 의탁하고 싶어 스스로 속는 것이다. 나는 아내와 아이들을 속인 것인가. 나는 아내와 아이들을 사랑한다.

내 집의 초인종이 울리기를 기다리는 것처럼 그녀가 모니터 밑줄의 바를 깜빡여주기를 간절하게 기다렸다. 개설해놓은 채팅방의 하얗게 빈 모니터 화면과 홈페이지의 가족 사진을 번갈아 클릭 하는 소리만 딸깍딸깍 집 안에 울렸다.

목소리가 듣고 싶어

그녀가 접속하자마자 인사도 없이 급하게 자판을 두드렸다. 아주 잠깐 뒤 그녀가 천천히 또박또박 말줄임표를 올렸다. 생각하고 있다는 뜻일 것이다. 평소와 달리 서두르는 내 태도에 대해 그녀는 어떤 것도 묻지 않았다. 눈에 익은 특유의 이모티콘으로 표시하던 웃음조차 흘리지 않는 그녀가 나를 더욱 애타게 했다. 그녀의 침묵이 나를 초조하고 더욱 급하게 만들었다.

목소리가 듣고 싶어

다시 같은 말을 쳤다. 그녀는 말줄임표조차 없이 아무 반응이 없었다. 모니터의 빈 공간에 아내의 얼굴 윤곽이 또다시 어렸다. 선명해지지 않는 윤곽은 이내 사라졌다. 아내가 보고 싶었다. 홈페이지의 아내 사진을 다시 클릭 하려고 마우스를 옮기는데 휴대폰이 울렸다. 나도 모르게 가는 한숨이 탄식처럼 짧게 나왔다. 그녀가 걱정 어린 목소리로 무언가 말을 하려는 것에 아랑곳하지 않고 나는 신음을 섞으며 쉴 새 없이 액정에 입을 맞췄다. 납작한 핸드폰 액정에 입을 맞추면서도 나는 자연스레 발기했다. 곧바로 나조차도 내 안에 이런 열정과 욕망이 있었는지 알 수 없던 진한 요구들을 하며 그녀에게 애원했다. 술집에서 들었던 그녀의 목소리와 이국적인 강을 배경으로 한 그녀의 모습이 떠올랐다. 전화기를 들고 책상에 앉은 채로 신음인지 울음인지 모를 소리들을 토하며 아찔함을 느꼈다. 모니터 불빛에 그려지는 그녀를 보며 숨이 막혔다. 신음과 함께 사정을 하고 나자 그녀는 샤워를 하겠다며 간단한 입맞춤을 하고 전화를 끊었다. 모니터에는 세 줄이 전부인 그녀와의 대화가 남아 있었다. 미처 옷 밖으로 나오지 못한 배설물로 아랫도리가 미끈거리고 척척했다. 나는 그대로 침대에 누웠다. 아내에게 전화를 걸까. 아내와 대화를 나눌 자신이 없었다. 두수나 민재에게 전화를 할까. 할 말이 생각나지 않았다. 눈을 감고 두 팔을 얼굴에 올렸다. 땀인지 눈물인지 뜨거운 액체가 팔에 닿았다. 몸 안의 핏줄을 따라 물기가 서서히 빠져나가는 것처럼 나른함이 밀려왔다.

새벽 공기는 시원했다. 습한 공기 사이로 안개가 조금 끼어 있었다. 입고 있던 옷 그대로 아무것도 걸치지 않고 나온 것이 좀 후회스러웠다. 택시를 잡았다. 새벽이라 목적지까지 가는 데 시간이 얼마 걸리지 않았다. 그녀를 쫓아 지하철에서 내려 지나던 대형 할인마트가 보였다. 그녀가 사는 연립주택 앞에 도착하자 택시에서 내렸다. 몇 호인지 정확히 기억은 못하지만 일층 현관에 놓인 낡은 목제 책상 위의 화분이 아까 그녀를 쫓아왔던 장소임을 확신하게 해주었다. 나와의 통화를 끝내고 샤워를 하고 잠들어 있을 그녀를 상상했다. 나를 보면 그녀는 어떤 표정을 지을까. 느닷없는 방문에 불쾌해 나를 거절할 수도 있었다. 층계를 오르는 발걸음이 느려졌다. 다시 층계를 내려와 현관 밖에서 그녀의 창문을 올려다보았다. 불이 꺼져 있었다. 다시 층계를 올라가 그녀의 문 앞에 섰다. 초인종을 누르려던 손을 멈췄다. 어떤 예고도 없이 집으로 찾아온 나를 알아보지 못할지도 몰랐다. 그녀의 문에 등을 대고 망설이다 다시 층계를 내려왔다. 한 층을 내려오다 다시 달려 올라갔다.

그녀가 아직 잠결인 모습으로 문을 열었다. 나는 숨이 찬 가슴으로 그녀를 안았다. 찬 공기를 가르고 온 내게 안기는 그녀의 몸이 따뜻했다. 그녀의 머릿결이 얼굴을 간지럽게 했다. 얇은 옷 위로 그녀의 등과 어깨선이 느껴졌다. 손바닥에 닿는 그녀의 감촉은 한없이 부드러웠다. 품에 있는 그녀를 힘주어 안고 그녀가 방금 빠져나온 잠자리로 가서 감미로운 사랑을 나눴다. 그녀의 등을 안고 젖가슴을 쓰다듬었다. 오랜만에 닿는 타인의 체온과 살 냄새에 취한 채 그녀의 머리를 쓸어주다 잠이 들었다. 스르르 감긴 눈꺼풀 너머로 익숙하고 따뜻한 조명이 비추었다. 마치 언젠가부터 어두운 거실에서 잠들 때 나를 편안하게 해주던 모니터의 불빛 같았다.

　무슨 소리라고 집어낼 수 없는 시끄러운 기운에 눈을 떴다. 낡은 연립주택 일층 현관은 지저분했다. 깨진 유리창 사이로 드는 햇살에 눈이 부셨다. 현관에 내놓은 낡은 책상에 기대고 있던 등이 아프게 저렸다. 눈을 찡그리며 손으로 몇 차례 마른 얼굴을 비비고 몸을 폈다. 웅크렸던 몸을 늘리자 등을 의지했던 낡은 목제 책상이 휘청거렸다. 책상 위에 놓여 있던 화분이 '퍽' 소리를 내며 바닥에 엎어졌다. 이제 막 피어난 철쭉이 뿌리를 드러낸 채 흙과 함께 뒹굴었다. 무릎이 뻐근하고 몸을 똑바로 펴기 어려웠다. 겨우 허리를 펴고 맞는 햇살이 유난히 강해 눈을 뜨기 힘들었다. 하늘은 파랗고 바람은 적당했다. 유일하게 편안히 잠들 수 있는 모니터의 불빛과 다른 따뜻함은 정말 오랜만이었다. 햇살과 하늘을 쫓아 나는 연립주택 현관에서 보이는 산을 향해 거리로 나섰다.

꿈의 궁전으로 오세요

카지노 건물은 산 아래로 등을 보이고 정상에 우뚝 솟아 있었다. 동화 속 궁전의 단면과 같은 거대한 구조물이 화려한 네온사인 불빛 속에 번쩍거렸다. 캄캄한 산 속에서 불야성 같은 카지노 건물은 환상의 세계로 들어가는 입구처럼 보였다.

"열받아서 나왔냐?"

바지 주머니에 양손을 찌른 채 다가서며 종욱이가 한쪽 어깨로 내 팔을 툭 쳤다. 멀리서부터 자동차 불빛들이 산등성이를 따라 가느다란 띠를 두른 듯이 건물로 이어지고 있었다.

"잘하면 오천 원으로 블랙잭에 앉겠다."

나는 눈길을 주지 않고 심드렁하게 대꾸했다. 종욱이는 분홍색 칩을 공중으로 높이 던졌다가 잡아챘다. 밤하늘로 떠올랐던 액면가 오천 원 칩이 종욱이의 손 안으로 사라졌다.

"칩이 하나만 남아도 꿈은 살아있다."

게임이 풀리지 않을 때마다 종욱이가 외치는 주문이었다. 칩은 이상하게 현실에서의 돈 가치를 잊어버리게 했다. 한 끼를 해결할 수 있는 오천 원이지만 객장 안에서 분홍색 칩 한 개는 아이들이 가지고 노는 장난감 돈보다 허접했다. 블랙잭 테이블에 수십 개씩 쌓인 골드나 블랙 칩조차 몇백, 몇천만 원이 아니라 규격을 맞춘 레고 같은 느낌이었다.

로비 밖의 바람은 차가웠다. 한 남자가 담배를 물고 초조한 얼굴로 서성였다. 색바랜 청바지를 입은 남자는 핸드폰에 대고 다급하게 돈을 구하고 있었다. 그는 말을 끝까지 맺지 못하고 연신 사정과 부탁을 번갈아 했다. 시원치 않게 통화를 끝낸 남자가 밤하늘을 향해 한숨처럼 담배 연기를 날렸다. 잔뜩 움츠린 어깨에는 통화할 때의 의욕이나 생기는 없었다.

"많이 따셨어요? 흡연실은 곰 잡게 생겨서, 추워도 바깥이 훨씬 낫네요."

말을 건 남자는 이곳에 처음 왔거나 온 지 몇 시간 되지 않은 사람일 터였다. 종욱이와 나는 옷차림이나 태도만으로도 카지노 출입의 관록을 읽을 수 있었다. 카지노를 드나드는 데 이골이 난 사람들은 다른 속셈이 없는 한 좀처럼 낯선 사람에게 먼저 말을 걸지 않았다.

"한 오백 넘게 잃었어요."

조금 전 의기소침하게 통화를 마쳤던 청바지의 남자가 크게 잃었다는 자긍심을 내보였다. 종욱이가 시큰둥한 표정으로 나를 쳐다보며 남자들을 향해 턱짓을 해 보였다. 남자의 허세를 알 만하다는 종욱이의 얼굴에는 노골적인 경멸이 묻어 있었다. 커다란 크리스마스 트리가 카지노 로비를 평소보다 더욱 환하게 밝히고 있었다. 마치 아무리 추워도 언제나 생글거리는 백화점 주차요원의 하얀 장갑처럼 불빛은 계속 반짝거렸다.

아버지의 딸이라고 밝히고 내 이름을 말했을 때 아버지 친구는 놀라지 않았다. 시내 커피전문점에 앉은 어색한 두 사람 사이로 연말의 들뜬 소음들이 떠다녔다.

"네가 재경이구나. 길에서 보면 못 알아보겠다."

어릴 때 만났던 기억이라도 끄집어내려는 듯했다. 나는 한 번도 본 적이 없는 사람이었다. 엄마 지갑에서 찾은 쪽지에 적힌 이름과 연락처가 내가 알고 있는 정보의 전부였다. 건네는 말은 선선했지만 그는 다음 말을 찾지 못했고 금세 침묵이 내려앉았다.

"엄마는 안녕하시고?"

의례적으로 거쳐야 하지만 피하고 싶은 질문이었다.

"교통사고로 누워 계세요. 병원에서 나와 지금은 요양원에 계시고."

누가 채근하는 것도 아닌데 톡톡 조금만 덜어내려던 커피가 와르르 쏟아질 때처럼 한꺼번에 빠른 속도로 말이 나왔다.

"너희 아빠 일로 어머니가 나를 찾아오셨을 때 네 걱정이
참 컸는데."

엄마 얘기에 붙일 말을 찾지 못하고 이어진 침묵 끝에 그가
찾은 말이었다. 간결하게 답할 말이 생각나지 않았다. 위아래
입술을 입 안으로 모아 아프게 다물었다. 어색한 침묵 사이로
아버지 친구와 눈이 마주쳤을 때, 그가 아버지가 어디 있는지
알고 있다는 확신이 들었다. 바람이 간절해서 아무 근거 없이
그런 생각이 들었을지 모른다고 돌이키려 해도 한 번 꽂힌 마
음은 점점 더 강해졌다. 입 안으로 말아넣었던 마른 입술에
침을 묻혔다. 나는 그의 눈을 똑바로 보면서 단도직입적으로
말했다.

"아버지 계신 곳 알려주세요."

알고 있느냐고 묻는 것보다 단호하게 말하고 싶었다. 어른
에게 던지는 말투가 지녀야 하는 최소의 예의만 담고 낮게 말
했다. 아버지 친구의 태도가 담담할수록 그가 아버지의 행방
을 알고 있음은 물론이고 아버지와 관련된 모든 일의 공범일
것이라는 적의가 일었다. 그가 끝내 입을 열지 않을 것 같다
는 판단을 하고 자리에서 일어설 타이밍을 찾고 있을 때였다.
그가 아버지가 사라지고 오래 지난 뒤에 알게 되었다며 주소
가 적힌 종이를 내밀었다. 강원도 정선이었다. 나는 입술을
다시며 물을 한 모금 넘겼다. 목에 걸린 커다란 건더기가 아

프게 내려갈 때처럼 가슴이 뻐근했다.

종욱이는 어느새 청바지의 남자와 말을 주고받고 있었다. 가끔 자기가 뱉은 허세에 못 이겨 개평 칩을 몇 개 주는 사람들이 있었다. 그들과 말 몇 마디를 섞고 담배 한 대라도 권해 받으면 종욱이는 그들을 속여 넘겼다는 듯 우쭐해 했다.

"지금 무슨 게임 했소. 머신?"

"닐이랑 워에 있었는데 도떼기시장이 따로 없어요. 사람들이 하도 밀치고 난리를 쳐서 치여서 나왔어요."

"백날 천날 사는 사람들도 있고, 초보들도 다 거치는 곳이라 거긴 그렇지. 하긴 대한민국 현금은 전부 여기 박혀 있을 거요. 일 년 열두 달 미어지게 팽팽 돌아가니."

"겨우 자리 잡았는데 등 뒤에서까지 하도 밀쳐대서 배팅을 손으로 하는 건지 발로 하는 건지 정신만 쏙 빠지고."

"거기 잔챙이들 배팅 하겠다고 버글버글 난리지. 제길, 나도 오늘 더럽게 안 됩디다. 어제 육백 땄는데 다 털리고 이제 본이니. 하루에 몇천씩 쥐고 블랙잭만 하던 사람이요, 내가. 블랙잭 하던 사람들은 머신 안 해. 시시해서."

"굉장히 크게 하셨네요."

종욱이가 부추겨주자 청바지의 남자는 신이 나서 허망한 자랑을 이어가고 있었다. 확인할 길 없는 돈이니 부풀려 말해도 알 길이 없고 알 필요도 없었다.

"여긴 뭐 하러 와. 재미로 한 번 했으면 다신 오지 마쇼."

남자는 때마침 걸려온 전화를 받으며 사람이 없는 구석으로 걸음을 옮겼다. 차가운 바람에 어깨를 움츠린 남자의 얇은 청바지가 추워 보였다.

"놀고 있다, 자랑질에 훈계까지 골고루 갖췄네."

칩은커녕 담배 한 개비 성과도 없이 말대접만 했다 싶어 종욱이의 눈꼬리가 올라갔다.

"저렇게 늙지 말아야지, 씨발 저러고 살고 싶을까."

종욱이는 걸어가는 남자의 등에 눈을 두고 침을 뱉었다. 자신도 카지노를 떠나지 못하고 있으면서 이곳에 있는 특히 나이 먹은 사람들을 종욱이는 심하게 무시했다.

종욱이와는 광고 회사 인턴으로 같이 일했다. 일류 대학이 아닌 내 졸업장은 내놓을 것이 못 되었다. 흔한 토익 학원조차 꾸준히 다니기 어려웠지만 짧은 생활 영어가 가능하다는 점을 인정받아 겨우 합격한 인턴 자리였다. 그러나 일하는 동안 영어를 쓸 일은 없었다. 사무실 안에서 일어나는 모든 잔심부름을 도맡아 하고 촬영 장비까지 나르며 받는 월급은 딱 법정 최저임금 수준이었다. 그마저도 월급을 받은 건 삼 개월 동안 한 번뿐이었고 그 외에는 팀장이 쥐어준 성과급 이십만 원을 받은 것이 전부였다. 수습 딱지를 떼고 정사원이 된다면 인턴 때의 고생이야 다 좋은 경험과 자양분이 되리라고 생각했다. 큰 수주가 연달아 펑크 나면서 회사의 구조조정이 진행되었을 때에야 아르바이트생과 다름없는 처지를 깨닫게 되었다. 영업 쪽 대리와 묶여 일하던 종욱이도 나와 같은 신세였다.

종욱이가 세를 살고 있던 집 주인은 군대 간 아들이 제대를 하자 방을 비워 달라며 보증금 일부를 미리 빼줬다. 종욱이는 방을 보러 다니는 대신 카지노로 향했다. 부모님이 주신 보증금이니 종욱이 돈은 아니었다. 그러나 카지노에서 결국 돈을 따게 될 것이라고 확실하게 믿었기에 목돈을 헐어 쓰는 것에 두려움 따위는 없었다.

증발해버린 아버지의 주소는 카지노가 있는 산 아래 행운편의점이었다. 보통 분식집보다 작은 크기였지만 물건들이 빼곡하게 채워져 있고 로또 판매까지 하고 있는 알찬 가게였다. 정선에 오자마자 주소를 들고 찾아간 부동산에 둘러앉은 사람들은 프리미엄이 만만치 않다고 두런거렸다. 주인은 엄마보다 나이가 조금 더 들어 보이는 여자였다.

편의점 건너편에서 처음 그를 보았다. 그 뒤 며칠 동안 셔틀버스가 다니는 매 시간마다 카지노와 행운편의점을 오르내렸다. 사정을 알 길 없는 종욱이는 나를 따라나서면서도 게임 운이 새나간다며 객장 밖으로 그만 좀 들락거리라고 투덜댔다.

"칩 되죠?"

그가 없는 것을 확인하고 편의점에 들어서며 여자에게 물었다. 산 아래 어디에서도 칩은 돈과 같이 쓰였다. 규모가 작은 곳에서는 분홍색 칩과 초록색 칩까지만 받기도 했다. 편의점 주인 여자의 눈이 빠르게 나를 훑었다. 계산대에는 돈 대신 물건 값을 치른 칩들이 색깔별로 쌓여 있었다.

"그럼요."

나는 조금 더 여자의 반응을 살필 작정이었지만 여자의 대답과 표정은 간단했다. 둘러볼 것 없는 좁은 편의점 진열대로 발걸음을 떼었다. 여자의 눈이 나를 쫓았다. 몰래 물건이라도 집어넣는지 주시하고 있는 듯했다. 자일리톨 껌과 칩이 아닌 만 원짜리를 내놓자 여자가 잠깐 의아하게 쳐다보며 거스름돈을 주었다. 주름진 손의 검정 매니큐어가 벗겨져 있었다. 틀어 올린 여자의 염색 머리는 탈색되어 있고 거칠었다.

짧게 머리를 깎인 채 요양원에 누워 있는 엄마가 생각났다. 탐스럽던 엄마의 머리는 어느 날 보호자인 나에게 한 마디 상의도 없이 박박 밀려 있었다. 그 모습을 처음 봤을 때 나는 길길이 날뛰며 항의했다. 엄마 모습이 너무 참담해서이기도 했고 차마 그게 엄마의 모습이라고 인정할 수 없어서이기도 했다. 누구 맘대로 머리를 잘랐느냐고 악을 쓰는 나를 사람들은 말리지 않았다. 한참 뒤에 나이 먹은 간병인인지 간호조무사인지 하는 아줌마가 차분한 목소리로 뻔한 설명을 했다. 대소변을 받아내야 하는 환자는 면역력이 떨어져서 청결하지 않으면 위험하므로 보이는 것에 너무 연연해서는 안 된다는 거였다. 이만큼이라도 관리해주는 것을 다행으로 알라는 간접적인 위압이 느껴지는 목소리였다. 나는 잦아드는 눈물만 삼키며 아무런 대꾸를 하지 못했다. 그후 엄마를 찾을 때면 나는 가장 먼저 머리맡의 조명을 한 단계 어둡게 낮췄다.

차르르, 삑, 차르르, 일정한 소리를 내며 돌아가는 슬롯머신 위쪽 전광판의 배당금 숫자가 계속 올라가고 있었다. 사람들은 그 숫자가 곧 자기 돈이 될 것이라는 기대로 열심히 핸들을 당기고 버튼을 눌렀다. 허리를 뒤틀고 고개를 제대로 가누지 못하면서도 자리를 뜨지 않았다. 화장실이나 흡연실을 갈 때에도 머신의 동전 투입구에 천 원짜리 지폐를 세워서 끼워놓고 자리에서 일어섰다. 줄을 서서 게임 할 차례를 기다리면서도 그 표식이 있는 자리에는 앉을 수 없었다. 게임을 일 초라도 멈추면 그 일 초 사이에 행운이 다른 사람에게 옮겨 갈지 모른다는 징크스에 시달리는 이곳 사람들의 강력한 규칙 같은 것이었다.

나는 머신에 앉아 바꿔온 지폐를 몽땅 투입구에 넣었다. 행운편의점에서 그를 처음 본 날 하루 종일 머신을 했다. 머신을 하다 보면 아무 생각도 하지 않을 수 있어서 좋았다. 딜러도 테이블에 같이 앉은 사람들의 게임 방식도 신경 쓸 필요가 없었다. 혼자 버튼을 누르고 유치한 그림을 확인하고 또 버튼을 누르고 숫자를 확인하는 단순 조작을 반복하면 되었다. 엄마는 행운편의점의 그를 영원히 만나지 못할 가능성이 컸다. 어쩌면 침상에서 일어날 가망이 없는 것이 엄마의 진짜 행운인지도 몰랐다. 아무 생각 하지 않으려 앉은 머신 앞에서 그 생각까지 하게 되자 나는 테이블게임으로 배팅을 옮겼다. 그리고 그날 처음으로 엄마의 사고 보상금 통장을 헐었다.

옆자리의 남자는 릴 세 칸 중 한 칸 화면을 천 원짜리 지폐로 가려놓고 있었다. 같은 그림이 모든 칸에 나오는 것을 아껴서 보겠다는 절절함이 느껴졌다. 내가 손 털기를 기다리며 뒤에서 대기하고 있는 남자는 둘이었다. 잔액이 다 떨어져가는 걸 보고 한 남자는 들으라는 듯이 이제 그만 하라고 중얼거렸다. 버튼을 스무 번 누르면 만 원이 사라졌다. 이삼천 원으로도 시작할 수 있는 게임이지만 몇 시간이면 칠팔십만 원이 날아갔다. 돈을 그렇게 잃어도 게임을 포기하는 게 쉽지는 않았다. 작은 행운 한 방이면 그 정도쯤은 만회할 수 있으리라는 기대 때문이었다. 더구나 천장 바로 밑 전광판에 쌓여가는 몇억의 배당금 총액이 내게 떨어질 수도 있다고 생각하면 더더욱 자리에서 일어나기 어려웠다. 내가 일어서자 남자는 재빨리 머신 투입구에 돈부터 넣으면서 자리를 차고앉았다.

생리통 때문에 몸이 좋지 않았다. 가스가 찬 배는 찌르르 기분 나쁘게 아팠고 두통도 점점 더 심해졌다. 카지노로 올라올 때 14K 이어링과 실반지, 팔찌를 행운편의점 옆 드림전당포에 넘기고 받아든 돈은 오만 원이었다. 오늘은 따뜻한 모텔에서 샤워를 하고 편히 자고 싶었다. 돈이 줄어들면서 숙박비를 아끼려 객장에서 밤을 보내는 날이 많아졌다. 객장이 문을 닫는 아침 시간에 카지노에서 내려와 찜질방에서 씻고 대충 눈을 붙이고 다시 카지노로 올라가는 생활의 연속이었다.

엄마의 교통사고 보상금은 한번 손을 대자 푹푹 줄어들었다. 원 카드로 딜러와 승부를 보는 워에서 투 카드인 바카라로 룰렛으로 점점 배팅이 커졌다. 돈을 따면 칩을 환전해서 통장에 넣기도 했지만 칩을 돈으로 환전하는 일은 점점 드물어졌고 딜러에게 돈을 던지고 칩으로 바꾸는 일만 되풀이되었다. 객장에 머무는 시간이 길어지는 만큼 편한 잠자리와 잠자는 시간이 필요 없어졌다.

드림전당포에서 받은 오만 원으로 게임을 시작한 종욱이는 액면가 만 원 초록색 칩을 모아 갈색 칩 네 개로 바꾸었다. 만원을 아끼려고 난민수용소 같은 찜질방에서 자고 스낵바의

지겨운 메뉴만 먹는 것을 생각하면 액면가 십만 원 갈색 칩 한 개가 아쉬웠다.

로비에 나와 담배 한 대를 피우고 바람을 쐤다. 두통이 가라앉을 것 같지 않았다. 옆에 앉으며 담배를 무는 종욱이는 칩을 다 잃고 초록색 칩 몇 개만 들고 있었다.

"들어가자. 칩이 하나만 남아도 꿈은 살아있다."

종욱이가 입가를 훔치며 또 주문을 외웠다. 땄을 때 갈색 칩 하나라도 받아두지 못한 것이 못내 후회스러웠다.

"나 내려갈게. 컨디션이 안 좋아."

"같이 가. 어차피 나도 오늘 황인데 뭐."

카지노에 죽치고 있는 나이 든 남자들이 쓰는 말투였다.

행운편의점의 그를 보지 못한 것이 사흘을 넘어가고 있었다. 이틀까지는 그에게 별일이 있으리라는 생각이 들지 않았다. 처음 이곳에 왔을 때처럼 배차 시간마다 셔틀버스를 타고 창밖으로 그를 살피지 않아도 그가 움직이는 동선은 너무 빤했다. 내가 카지노에 올라올 때 보지 못하면 내려오는 밤에 눈에 띄었고 하루 종일 보지 못한 날이면 다음 날 어김없이 편의점 앞 파라솔이나 전당포 옆 골목에 앉아 있는 그를 볼 수 있었다.

그가 사라지고 사흘째가 되면서부터 불길한 생각이 들기

시작했다. 카지노의 온갖 소문들이 떠올랐다. 돈이 되는 일이면 아무것도 흉이 되지 않는 곳이었다. 곁을 맴돌면서 한 번도 마주치지 않은 채로 다시는 그를 볼 수 없게 되는 게 아닐까 문득 두려웠다. 이대로 또 여기서도 증발한 것일까. 그가 보이지 않은 지 이틀째 되는 날부터 나는 행운편의점으로 전화를 걸기 시작했다. 여자는 "행운편의점입니다"라고 하거나 "여보세요"라고 전화를 받았다. 큰 변화가 감지되지 않는 한 결같은 목소리였다. 여자의 목소리가 들리면 나는 아무 말 없이 전화를 끊었다.

엄마 곁을 지키고 있는 그를 상상했다. 혹시 주소를 들고 여기에 온 나처럼 그가 비로소 나와 엄마가 어떻게 지내는지 알게 된 건 아닐까. 그렇다면 그는 지금 엄마에게 가 있을 것이다. 험한 소문 끝에도 아무 일 없었다는 듯이 한참 만에 이곳에 나타나는 사람들은 얼마든지 있었다. 어떻게든 돈푼이라도 마련해 카지노에 다시 등장하는 사람들처럼 그도 돌아올 것이다. 틀림없었다. 그는 엄마에게 가 있을 것이고 어쩌면 계속 엄마의 곁을 지키기 위해 이곳에 돌아오지 않을지도 몰랐다. 소리 없이 카지노에서 사라지는 사람들에 대한 흉흉한 얘기를 구태여 그에게 적용할 필요는 없었다.

액정에 엄마가 있는 요양원 전화번호를 띄워놓고 쓸데없이 검은색 화면만 올렸다 내렸다 반복하며 망설였다. 요즘 잘나가는 연예인의 다이어트 기사 화면을 접고 요양원 번호를 터치 했다.

"사층 이정임 환자 보호잔데요."

병원에서 포기한 엄마를 받아주는 곳은 시외의 요양원뿐이었다. 오랜 병원 생활로 문병을 올 만한 사람은 모두 다녀갔고 엄마는 사람들의 기억 속에서 점점 잊혀졌다. 요양원으로 옮기고 나서 엄마를 찾는 사람은 세상에서 오직 나 혼자였다. 요양원의 다른 환자들도 엄마와 같은 경우가 많았지만 여러 가족이 정기적으로 찾아오는 사람들도 있었다. 나는 처음에는 일요일마다 엄마를 찾아갔지만 이내 담당자와 전화를 하는 것으로 대신하기 시작했다.

"아, 네 기다리세요."

기다리는 동안 이곳에서 사라진 그가 기적처럼 엄마 곁에 있는 모습을 생각했다. 이제껏 그에게 품었던 모든 미움이 한꺼번에 눈처럼 녹아버릴 수도 있으리라. 누가 다녀갔다는 말만으로도 당장 서울로 올라가 그의 앞에 설 수 있을 것 같았다. 담당자가 오는 시간이 길게 느껴졌다. 담당 간병인은 자주 바뀌었다. 여기 오기 얼마 전에 바뀐 담당자의 얼굴은 기억하지만 이름까지는 알지 못했다.

"큰 문제는 없으셨어요. 그리고 욕창이 심하셨는데 이젠 많이 치료가 되셨어요.”

담당자는 무언가 말을 하려다가 말았다. 전화를 건 내가 엄마의 상태를 자세하게 묻는 게 순서였다. 담당자의 차트 넘기는 소리가 뜸들이는 말소리 사이사이로 들렸다. 얼마 전부터 엄마의 등과 엉덩이에 동전만 한 욕창이 돋았다 아물기를 반복했다. 나는 의례적으로 엄마의 상태를 전해주는 담당자의 말이 빨리 끝나기를 기다렸다. 누구 다녀간 사람은 없느냐고는 끝내 묻지 못했다.

객장이 한창 바쁘게 돌아가는 시간인데도 찜질방 안은 누울 자리를 찾기 힘들었다. 카지노에서 제일 가까운 찜질방이었다. 서울의 공중탕 크기에도 못 미치는 수준이지만 이 근방에서는 가장 시설이 좋은 곳이었다. 입구에서 안쪽 끝까지 한눈에 들어올 정도로 작은 찜찔방에서 텔레비전을 중심으로 머리를 맞대고 양쪽으로 나란히 사람들이 누워 있었다. 침침한 실내에서 똑같은 옷을 입고 빼곡하게 누워 있는 남녀의 모습은 영화에서 본 수용소를 연상하게 했다.

나는 아래층에 있는 목욕탕에 들르지 않고 조심스럽게 사람들 사이를 걸어 빈자리에 누웠다. 옆의 여자가 모로 돌아누웠다. 허리춤을 드러내고 누워 있는 여자의 얼굴 앞에 훈제 계란 껍데기와 귤껍질이 흩어져 있었다. 샤워를 끝내고 올라온 종욱이가 타월을 깔아 내 옆에 자리를 만들었다. 바닥에 누운 사람들이 겨우 보일 정도의 어두운 불빛 아래 남자들의 코 고는 소리와 유선 방송 화면만 바쁘게 움직이고 있었다.

티셔츠 안으로 종욱이의 손이 들어왔다. 배와 허리를 스치던 손이 유두를 만지며 가슴을 주무르고 있었다. 그가 다리로 내 몸을 휘감고 목덜미에 얼굴을 밀착해왔다. 종욱이의 입김을 피해 몸을 돌렸다. 모로 누워 있던 옆자리의 여자가 반듯하게 누워 있었다. 여자의 얼굴과 너무 가까운 것이 민망해서 다시 천장을 향해 반듯하게 누웠다. 허벅지에 있던 종욱이의 손이 반바지 가랑이 안을 더듬었다. 나는 입술을 피하며 종욱이의 손을 뿌리쳤다.

"그만 해."

"왜 그래?"

"그만 좀 하라니까, 머리 아파."

화가 난 듯 잠깐 멈췄던 손이 허리 고무줄 안으로 빠르게 들어왔다. 팬티 안으로 들어오던 손은 생리대가 만져지자 멈칫했다. 나는 상체를 일으켜 앉았다. 옆의 여자는 아무 내색 없이 반듯하게 누워 있었다. 잠들어 있는 것 같지는 않았다.

"그만 하라고 했잖아."

속삭임 크기의 목소리로 짜증을 냈다.

"그날인 줄 몰랐어. 미안."

내 몸에서 빼낸 손을 어찌해야 할지 모르고 쩔쩔매는 종욱이의 표정에서 아주 짧은 순간 행운편의점의 그가 읽혔다. 찰나에 스치는 그건 온전한 비굴함 같은 것이었다. 종욱이는 별일 없었다는 듯 자기 팔을 베고 돌아누웠다. 쪼그리고 앉은 나는 무릎에 얼굴을 묻고 눈을 감았다. 엄마는 아버지를 만나고 싶어할까. 아버지에게 요양원에 있는 엄마의 존재를 알려야 하는 걸까. 깊은 한숨을 쉬며 눈을 감고 천장 쪽으로 고개를 젖혔다. 꼼짝 못 해 짓눌린 살이 썩어 욕창이 생기는 병상에서도 엄마의 머리카락은 자랐을 것이고 또 잘려나갔을 것이다. 엄마의 머리맡에 서 있는 행운편의점 그를 떠올렸다. 말없이 서 있는 그의 등이 어두웠다. 볼이 패인 채 누워 있는 엄마를 바라보는 그의 구부정한 목덜미에서 스탠드 불빛이 가늘게 떨리고 있었다. 아버지는 엄마를 만나고 싶어할까.

누군가가 지나가는 발소리에 벽에 기대 쪼그리고 자던 잠이 깼다. 비좁던 자리가 넓어져 있었다. 종욱이는 보이지 않았다. 수건으로 배를 덮고 누웠다. 등이 따뜻했다. 팔을 이마에 올리고 눈을 감았다. 엄마는 숨만 쉬고 누워 있으면서도 생리를 했다. 눈에 익은 생리대가 아닌 환자용 기저귀에 묻은 엄마의 생리혈은 낯설었다. 내 옆으로 남자의 인기척이 느껴졌다. 계란 껍데기와 귤껍질의 여자가 있던 자리였다. 나는 타월이 깔린 종욱이가 있던 쪽으로 비켜 누웠다. 남자는 눕자마자 코를 골았다.

　일층 목욕탕 탈의실 라커에서 생리대를 꺼내 이층 화장실로 갔다. 이층 화장실은 좁은 통로 끝에 있었다. 일층 입구에 있는 화장실보다 조용하고 사람이 없어서 여자들의 흡연 장소로 쓰이는 곳이었다. 안에서 남녀가 엉켜 있는 소리가 났다. 문고리가 고장 나 벌어진 틈으로 화장실 안이 보였다. 변기에 앉은 남자 위에서 여자가 움직이고 있었다. 여자의 한쪽 발 끝에 찜질방 반바지가 걸려 있었다. 남자는 여자의 허리를 안고 가슴에 얼굴을 파묻고 있었다. 여자가 입을 다문 신음 소리를 냈다. 위아래로 들썩이는 여자를 안아 벽에 세우며 자세를 바꾸는 남자는 종욱이였다. 여자의 한쪽 허벅지를 잡아 올리고 종욱이가 움직였다. 여자의 얼굴이 보였다. 귤껍질을 흩어놓고 내 옆에 누워 있던 여자였다.

　"차 키 줘."

　일층 목욕탕에서 나오는 종욱이를 째려보며 말했다.

　"차는 왜, 기름 없어서 굴러가지도 않을 텐데."

　"개자식, 재수없어."

　키를 넘기고 이층 찜질방으로 올라가는 종욱이의 뒤통수에 침을 뱉듯 쏘아주었다. 정선에 올 때 타고 온 차를 전당포에서는 받아주지 않았다. 차 상태도 엉망이었지만 본인 명의가 아니라는 이유였다. 폐차 직전의 차를 종욱이가 형에게 얻은 것이었다. 찜질방에서 나와 드림전당포 근처에 세워두었던 차에 올랐다. 기름은 거의 바닥이었다. 고한역 쪽으로 차를 몰았다. 산골 도로는 시야 확보가 힘들었다. 간혹 반대 차선으로 차들이 지나갔다.

　고한역에 내려 텅 빈 대합실의 기차 시간표를 쳐다봤다. 갈 곳은 없었다. 서울로도 엄마가 누워 있는 곳으로도 갈 수 없었다. 고한역 언덕 골목으로 방향을 틀었다. 차가 움직이는 소리 때문에 주머니에 있는 핸드폰이 약하게 흔들렸다. 다시 분명한 진동 신호가 느껴졌다. 종욱이일 것이었다. 전원을 꺼버리려고 주머니를 뒤졌다. 칩 하나가 만져졌다. 전방을 주시한 채 칩과 핸드폰을 꺼내 조수석에 던졌다. 액정에 보라색 불이 반짝거렸다. 입력된 전화번호의 그룹별로 불빛 색깔이 달랐다. 종욱이는 붉은색이었다. 보라색은 엄마가 있는 요양원이었다. 이 시간에 요양원에서 온 연락은 불길했다. 무언가 말하기를 망설이던 담당자의 목소리와 전화기 저쪽에서 들리던 차트 소리가 떠올랐다. 가슴이 불규칙하게 쿵쾅거렸다. 액정에 눈을 둔 사이 길가에 세워진 강원랜드 이정표가 눈앞을 막았다. 완만한 경사의 아스팔트에서 몸집이 작은 짐승 같은 것이 차에 부딪쳤다. 충격이 차 안으로 고스란히 전달되었다. 물체가 정확히 무엇인지는 알 수 없었다. 나는 눈을 질끈 감고 액셀을 밟은 발바닥에 힘을 주었다.

행운편의점 건너편에 차를 세웠다. 주변 상가들은 모두 고요히 잠들어 있었다. 드림전당포도 분식집도 불이 꺼져 있었다. 행운편의점 계산대에 주인 여자가 앉아 있었다. 여자는 하품을 하며 쪽방 쪽으로 고개를 돌렸다. 편의점 간판에 있는 전화번호를 입력하고 액정을 터치 했다. 세 번째 신호음이 울리자 여자가 전화기를 들었다. 주인 여자는 "행운편의점입니다"라고도 "여보세요"라고도 하지 않았다. 전화기를 든 채 아무 말도 하지 않았다. 전화를 끊고 조수석에 있는 칩을 들고 편의점으로 들어갔다. 제일 가까운 진열대에 있는 물건을 집어 칩과 함께 계산대에 놓았다. 계산대에 붙은 쪽방 문 앞에 낡은 남자 신발이 놓여 있었다. 나는 그를 마주치기라도 한 것처럼 서둘러 편의점에서 나왔다.

여자가 방으로 들어가고 가게로 나온 그가 잠금 걸쇠를 걸더니 문을 잡고 한 번 흔들어보며 단속을 했다. 골목과 길가의 불빛들은 밝기를 줄이거나 꺼져 있었고 편의점 불빛만이 환하게 가게 안과 주위를 밝히고 있었다. 쪽방 안의 여자가 방문을 열고 가게에 있는 그에게 뭐라고 말을 하더니 문을 닫았다. 그가 서둘러 신을 벗고 방으로 들어갔고 쪽방의 불이 꺼졌다. 쪽방은 깜깜했고 가게 안은 과자 봉지의 색깔을 알아볼 수 있을 만큼 환했다.

나는 편의점 문을 두드리고 안으로 들어가야 할 것 같았다.

무슨 말을 건네야 할지 말을 건넬 수는 있을지 아무것도 결정할 수 없었다. 머리 밑이 보이도록 짧게 머리카락을 깎인 채 일그러져가는 엄마의 얼굴이 생각났다. 울컥 눈물이 목구멍을 치오르는가 싶더니 가랑이 사이에서 쿨렁 더운 덩어리가 빠져나가는 느낌이 들었다. 아랫도리가 축축하게 젖었다. 운전석 밑으로 손을 넣어 엉덩이에 대보았다. 생리대를 넘친 끈끈한 물기가 만져졌다. 죽은 듯 누워 있으면서도 매달 무서운 생명의 신호를 빨갛게 보내는 엄마의 생리혈이 떠올랐다. 끈적거리는 손바닥을 허벅지에 아무렇게나 비벼 닦았다.

그가 바지 밖으로 비어져 나온 속옷을 추스르며 불이 꺼진 쪽방에서 나왔다. 옆구리에 끼고 나온 점퍼를 걸치고 지퍼를 올리며 멍하니 문밖을 보던 그가 가게 밖으로 나왔다. 편의점 앞에 놓여 있는 플라스틱 탁자와 파라솔을 접고 의자들을 챙겨 다시 안으로 들여갔다. 계산대에 서서 칩을 손바닥에 올려놓고 세었다. 그의 머리 위로 떨어지는 불빛에 머리카락이 온통 센 것처럼 하얗게 보였다. 그는 고개를 돌려 쪽방을 한 번 쳐다본 뒤 편의점을 나섰다. 핸드폰 진동이 드르륵거렸다. 액정 불빛이 붉은색이기를 바랐다. 핸들에 턱을 기대고 진동을 외면했다. 꼼짝하지 않고 차창만 응시했다. 꼭 붉은 색이 아니어도 보라색만 아니면 어떤 색이어도 괜찮았다. 한참을 계속되던 진동이 조수석 쿠션에 파묻혀 숨을 죽였다.

그는 점퍼 주머니에 손을 넣고 카지노 정문 쪽으로 걸어가고 있었다. 깨어나지 않는 엄마는 아버지를 보고 싶어할까. 아버지는 나를 보고 싶어할까. 나는 차 문고리를 잡은 채 내리지 못하고 눈으로만 그를 쫓았다. 무거운 고개를 핸들에 내려놓았다. 눈물이 옆얼굴과 귀를 타고 흘렀다. 강원랜드 현판 옆 무료급식 버스를 지나던 그의 모습은 이제 어둠에 가려 보이지 않았다.

카지노 정문 쪽으로 차를 밟았다. 카지노로 오르는 도로의 가로등들이 추위에 길게 목을 빼고 서 있었다. 그의 뒷모습이 보였다. 차는 언덕 중간턱을 미처 다 오르지 못하고 꺽꺽댔다. 노인처럼 구부정한 걸음으로 언덕을 오르는 그의 등에 가로등 빛이 먼지처럼 내려앉았다. 나는 다시 액셀을 밟았다. 그의 등 가까이에서 기름이 떨어진 차가 가래 낀 기침 소리를 내며 천천히 완전히 멈춰 섰다.

내 이름 도우미

그녀는 너무 예뻤어
하늘에서 온 천사였어

순식간의 일이었다. 노래방 앞 도로에서 먼저 택시를 세우던 사람을 제치고 몰염치하게 새치기를 한 것도 순식간이었고 그 택시 뒷좌석에 오른 것도 순간이었다. 다른 생각은 없었다. 얼른 노래방을 벗어나고 싶었고 최대한 빨리 집으로 돌아가고 싶었다.

그녀는 너무 예뻤다
그래서 더 슬펐다

그렇게 잡아 탄 택시는 지금 팔차선 도로 위에서 마구 차선을 넘어가며 뒹굴고 있다. 택시 안에서 거꾸로 매달리는 순간에도 문숙은 똑바로 응시하던 택시 정면 유리를 놓치지 않으려고 애를 쓴다. 택시가 뒤집혀 무언가와 부딪힐 때마다 정면 유리에 금이 간다. 굵어진 눈발까지 흩날려 문숙은 택시 밖 도로에서 벌어지는 상황을 아무것도 분간할 수가 없다.

중앙선을 넘은 차가 맞은편에서 오던 문숙이 탄 택시와 부딪쳤고 눈이 얇게 쌓여가는 도로 위에서 브레이크 밟는 소리와 차들이 충돌하는 소리가 뒤엉켰다. 궂은 날씨에 간선도로에서 속도를 내던 차들이 충돌하는 소리는 마치 천둥이 치는 것처럼 도로를 울렸다.

제멋대로 흩날리던 눈발이 벌어진 차 창문 틈으로 들어와 문숙의 얼굴에 떨어졌다. 차가운 눈송이 하나하나가 얼굴을 때릴 때마다 예리한 송곳이 얼굴에 닿는 것처럼 통증이 일었다. 문숙은 바람에 날려 눈발이 차 안으로 들어오는 것이 아니라 창밖의 눈발을 뚫어져라 보고 있던 자신이 착각을 하고 있는 건지도 모른다고 생각했다. 손을 얼굴로 가져가려 했지만 몸이 전혀 말을 듣지 않았다. 이렇게 큰 사고를 예고 없이 당해서는 안 되는데 절대 그래서는 안 되는데 고개를 흔들어 보지만 단발마의 신음만 나올 뿐 목이 돌아가지 않았다. 정신을 차려야 한다고 이를 앙다물고 차창 한 곳을 다시 힘주어 쏘아봤다. 졸음이 오는 것처럼 나른한 전율이 온몸에 흐르며 눈이 감기고 바람 때문인지 눈발이 더욱 거세져서인지 자꾸만 눈앞이 흐려졌다. 아프게 찌르던 눈발의 차가운 느낌이 이제 서서히 시원한 기운으로 얼굴에 내려앉고 있었다.

택시에서 흐르던 노래는 더 이상 들리지 않았다. 기사는 차분한 목소리의 중년 탤런트가 진행하는 라디오 프로그램을 틀어놓았었다. 노래가 시작될 때 문숙은 아주 잠깐 아련한 생각에 잠겼다. 애들 아빠와 연애할 때 한참 유행하던 노래였다. 숫기라고는 전혀 없는 사람이 그 노래를 불러준 적 있었다. 그때는 행복했었나. 잘 모르겠다. 그저 가물가물한 먼 기억을 떠올리며 무거운 머리를 택시 의자에 기대고 눈을 감았고 곧바로 천둥 소리가 들렸다.

노래방에서 콜을 받고 나갈 차비를 시작하자 성민이가 징징댔다. 날씨도 궂고 몸도 좋지 않았다. 게으름이 온몸을 뱀처럼 칭칭 감아대는 주말이었다. 망설이는 문숙에게 노래방 주인은 언짢은 내색을 참지 않고 드러냈다. 일자리는 귀하고 구차한 일이라도 그 일을 하겠다는 사람은 차고 넘쳤다. 노래방 주인은 콜을 할 때마다 특별히 편의를 봐주고 있다는 투를 깔았다. 곧이어 경희도 전화를 해왔다.

“날궂이 하냐? 놀면 뭐 해 이 년아, 몸뚱이 굴려 돈이라도 벌어야지.”

경희는 늘 그렇듯이 이 년아 저 년아 욕을 달아댔다. 서로 사는 처지를 빤히 알면서 연락을 하고 사는 유일한 동창이었다. 경희 말대로라면 애정 표현이지만 그 욕지거리가 거슬리는 날도 있었다.

“욕 좀 하지 마라.”

“미친년, 빨리 튀어나와.”

“몸도 무겁고, 오늘은 애들하고 있기로 했어.”

나가기를 망설이는 눈치를 알아차린 성민이는 그 틈을 여지없이 밀고 들어왔다. 통화를 하는 문숙의 무릎을 타고 누워 턱밑에서 계속 이것저것 말도 안 되는 질문을 했다. 대꾸가 건성이다 싶으면 트집을 잡고 떼를 쓰며 변덕을 부렸다. 경희가 묻는 말에 대답을 하고 있는데 아이까지 떼를 쓰니 정신이 없었다. 초등학교 이학년이나 된 녀석이 걸핏하면 대여섯 살배기처럼 성가시게 굴었다. 확 일어나는 짜증을 참지 못하고 경희가 이 년아를 붙이는 것과 거의 동시에 아이의 등짝을 한 대 후려쳤다. 성민이가 입을 삐죽거리면서 울기 시작했다. 내복 바람에 우는 꼴은 네다섯 살 넘게 봐주기 힘들었다. 작은 방에 대고 애꿎은 딸아이에게 버럭 소리를 질렀다.

“성희야! 성민이 데리고 저리 안 가?”

부쩍 멋을 내기 시작한 성희는 요즘 볼 때마다 작은방 컴퓨터 앞에 붙어 있었다.

"미친년, 몸 무겁다고 뭉그적거리면 누가 돈 갖다 앵겨줘? 쓸데없는 소리 말고 얼른 튀나오기나 하셔."

수화기를 통해 방 안의 사정을 다 듣고 있으면서도 경희는 아랑곳하지 않고 자기 할 말을 흘려보냈다. 가볍게 말하는 것 같지만 경희가 왜 노래방에 같이 걸음을 하자고 길게 말을 잇는지 문숙은 잘 알고 있었다. 문숙은 싹싹하지도 않고 이차 거절을 매끄럽게 하지도 못해서 손님들과 시끄러워지는 일이 잦았다. 노래방 주인이 탐탁해 하지 않는 걸 눈치 빠른 경희가 모를 리 없었다. 토요일은 사람을 가려서 쓰기 어려울 만큼 노래방에 손님이 많았다. 아이엠에프보다 더한 사상 최고의 불경기 속에서도 변두리 노래방은 어렵지 않게 연명이 가능했다. 경기를 전혀 타지 않는 것은 아니지만 도우미를 부르지 않는 손님은 없었다. 노래방은 요리조리 이름을 바꾸고 법망을 피해 경기 침체를 돌파했다. 하루가 지날 때마다 도우미를 하겠다는 여자는 많아졌다. 서른을 갓 넘어 처음 문숙이 발을 들여놓을 때만 해도 사람 아쉬운 정도는 알아주는 바닥이었다. 그 나이면 얼굴을 대하지 않고 전화로 문의를 해도 별 어려움 없이 당장 일을 맡을 수 있었다. 지금은 사정이 달랐다. 사십이 훌쩍 넘은 도우미들이 있으니 늙다리라고 할 수는 없지만 어느새 삼십대 중반을 넘은 문숙과 경희는 이제 결코 젊은 축에 끼지 못했다.

서울 변두리에서 신도시 용인 구석으로 노래방을 옮긴 것도 그 때문이었다. 수도권 외곽의 노래방에서 문숙의 나이면 경쟁력이 있었다. 더구나 문숙은 애엄마라고 보기 어려울 만큼 예쁜 얼굴과 군살 없는 몸매를 아직은 유지하고 있었다. 손님 테이블에서 썩 좋지 않은 비위를 오히려 달아빠지지 않은 순진함으로 여겨 문숙을 찾는 단골들도 있었다. 그런데 작년부터 이 지역도 점점 도우미들 나이가 어려지고 있었다. 서른도 채 되지 않은 새댁들까지 변두리 노래방을 기웃거렸다. 이십대 도우미들은 아가씨 같은 풋풋함과 영악함으로 승부했다. 아이까지 있으면서도 천연덕스럽게 대학생이라고 소개를 하기도 했다. 남자들은 반신반의하면서도 여대생이라는 설정에 동참하기를 기꺼이 즐겼다. 나이가 많은 사십줄의 도우미들은 노련함과 만만치 않은 세월의 노하우를 발휘해 자리를 지켰다. 노래방 주인에게도 손님들에게도 적극적이고 비위를 잘 맞춰 방에 들어가 퇴짜를 맞는 일이 드물었다. 일차 낙점이 되지 않더라도 순순히 밀려나지 않고 낯가림 없이 구질구질한 교태 부리기에 거침이 없었다.

문숙은 어린 축에 끼지도 못했고 남자들의 생리를 알아서 질펀하게 풀어주는 중년 도우미들만큼 노련하지도 못했다. 도우미들끼리 경쟁이 치열해졌고 그만큼 싸움도 잦아졌다. 같이 테이블에 들어가 자신을 소개하고 남자들의 낙점을 기다리는 잠깐 동안에도 도우미들의 보이지 않는 경쟁은 치열했다. 가슴 안에 넣은 뽕을 강조하고 스커트 자락을 올리거나 윙크를 날리는 것은 예사였다. 경희는 문숙이 그 분위기에서 야무지게 적응하지 못하고 치여 밀려날 위기에 놓여 있다는 것을 알고 있었다. 문숙은 노래방 사장에게 도우미들이 흔하게 들이미는 음료수 한 병 건네는 융통성이 없었다. 예쁘장한 얼굴 하나 믿고 이 바닥에서 버티는 건 한계가 있었다.

화장도 하지 못하고 가방을 챙겨 반지하 현관을 나서면서 문숙은 성희에게 만 원짜리 한 장을 쥐어줬다. 돈을 받는 딸아이의 키가 부쩍 자라 있었다. 초등학교 사학년인 성희는 아들 성민이에 비하면 어릴 때부터 의젓했다. 어리광을 부리거나 속을 썩이는 일이 거의 없는 아이였다. 아기 때부터 일을 나갈 때마다 애를 먹였던 두 살 터울의 성민이와는 천지 차이였다. 성민이 나이쯤부터 딸아이는 애어른이 아니라 완전히 어른이 된 듯이 손을 타지 않았다. 성희의 말수가 점점 줄어들었지만 문숙은 대수롭지 않게 생각했다. 사사건건 사람을 버겁게 하는 아들 녀석의 문제까지도 성희에게 짜증을 내며 떠맡기기 일쑤였다. 그렇게라도 털고 잊어버려야 밖에서 일을 보고 하루를 버틸 수 있었다. 가끔 딸아이 속에 뭐가 들었나 궁금증 반 걱정 반 마음을 쓰다가도 제 어미가 힘들게 사는 걸 알고 일찍 철이 들었으리라 생각을 접고 넘어갔다. 그런저런 걸 다 신경 쓰고 살기에는 하루하루가 너무 바쁘고 고단했다.

집에서 나와 큰길목을 벗어날 때까지 성민이의 울음소리는 그치지 않았다. 간간이 악을 쓰는 소리도 들렸다. 때려도 보고 오늘처럼 뒤도 안 돌아보고 무심하게 문을 닫고 나와버려 보기도 해도 달라지지 않고 반복되는 일이었다. 등교 준비를 하지 않고 세 식구가 느긋하게 일어날 수 있다는 것만 빼면 토요일은 하등 좋을 게 없었다. 학교 일과를 채우고 집으로 오는 날보다 같이 있다가 떨어지는 토요일이면 아들의 강짜가 더 심했다.

성민이의 몸에 부스럼이 심해 찾아간 병원에서는 뜻밖에도 소아정신과 상담을 받아보라고 했다. 흔하다는 아토피인가 싶었지 나이에 비해 어린아이처럼 떼를 부리는 것이 심각하다는 생각은 하지 못했다. 의사 말로는 분리불안이 심한 상태에서 오는 퇴행이라고 했다. 아이가 울고불고 떨어지지 않으려고 전쟁을 치를 때마다 막내라서 그러려니 했다. 아빠 없이 혼자 키우는 사내 녀석이니 강하게 키워야 한다고 내버려뒀던 시간을 자책했다. 애아빠와 단절하고 있는 상황에 대한 갈등이 일기도 했다. 하지만 아무리 애들 아빠라 해도 워낙 모

146

자란 사람이니 없는 게 낫다는 결론을 내리기가 어렵지 않았
다. 훗날 애들에게 원망을 듣더라도 얼마든지 설명하고 이해
를 구할 자신도 있었다. 이혼을 하면 만사 편하리라고 생각한
것은 아니지만 아이들에게 일이 생기면 마땅한 답을 찾지 못
해 힘들 때가 많았다. 퇴행이 심한 아들이 잘못되기라도 한다
면 어떻게 감당해야 하나 불안했다. 그래도 남편을 곁에 두고
사는 것보다는 무조건 나은 선택이었다고 문숙은 다시 마음
을 다잡았다. 절대로 그 사람과 평생을 함께할 수는 없는 노
릇이었다. 헤어진 것은 옳은 선택이고 최선이었다.

택시 안에서 문숙은 익숙한 손놀림으로 기초화장을 하고
콤팩트커버까지 꼼꼼하게 바르고 토닥거렸다. 도로를 달리는
택시에서 눈썹을 그리는 것은 고난이도 집중력이 필요한 기
술이었다. 잘못 그려진 눈썹을 싹 지우고 다시 그려도 오늘은
이상하게 제대로 그려지지 않았다. 립스틱을 바르려다 그만
뒀다. 눈썹 그리기와 입술 화장은 파트너처럼 어느 하나만 하
면 엉성한 느낌이 들었다. 노래방 화장실에 잠깐 들러서 마무
리하자고 생각하며 파우치를 닫았다.

"어디 좋은 데 가시나 봐요."

룸미러로 문숙과 눈이 마주치자 택시기사는 말을 걸어왔
다. 알 만하다는 웃음을 짓고 있으면서도 좋은 곳에 가느냐고

묻는 택시기사에게 문숙은 대답하지 않았다. 손님 중에는 택시나 화물트럭을 운전하는 기사들도 많은 편이었다. 노래방 가까운 곳에 택시 회사가 두 개나 있었고 멀지 않은 공터와 아직 완공되지 않은 뒤편 도로는 화물트럭을 세우기 좋았다. 지난 수요일에도 택시기사 셋이 든 방에 불려간 적이 있었다. 그들은 도우미 다섯 중에서 문숙을 골랐다. 평일에 나와 낙점되었으니 밀려난 도우미보다는 다행이었지만 그야말로 진상 중에 진상인 치들이었다. 남자들은 노래방에 들어설 때부터 이미 취기가 올라 있었다. 대부분의 남자들은 거나하게 술이 올라서 노래방을 찾았다. 문숙이 자리에 앉자마자 남자는 허벅지를 주물렀다. 지불한 돈만큼의 시간 동안 맘껏 제 맘대로 해보겠다는 본전 심리였다. 스타킹 위를 쓰다듬던 남자가 대담하게 위쪽으로 손을 옮겼다. 문숙은 짧은 웃음을 지으며 남자의 손목을 잡고 스커트 속에서 빼냈다. 남자는 주머니에서 만 원짜리 한 장을 꺼내 팬티와 허벅지 사이에 찔러넣으며 음담으로 귀를 간질였다. 알아듣지 못할 혀 꼬인 말로 남자는 문숙을 도우미 언니라고 불렀다. 그는 마이크를 잡고 노래를 부를 때에도 술에 취해 몸을 가누지 못했다. 그러면서도 옆에서 흥을 돋우는 문숙의 손을 쉴 새 없이 잡아끌어 자신의 불룩한 아랫도리에 대고 문질렀다.

　"눈도 오고 이런 날은 그냥 일이고 뭐고 다 관두고 좋은 데로 밟아서 딱 소주 한잔하면 제격인데. 눈도 멈출 것 같지 않고. 요즘 참 벌어먹고 살기 힘들지요."

뒷좌석을 힐끔거리며 택시기사는 말끝에 가늘게 한숨을 섞었다. 너도 나도 먹고살기 참 힘든 인생인데 오늘 한번 같이 놀아보는 게 어떠냐는 말로 들렸다. 도우미를 하면서 문숙에게는 남자들이 하는 말의 이면을 읽어내는 능력이 생겼다. 노골적인 표현일지라도 그것을 액면 그대로 받아들이기보다는 그 말이 담고 있는 또 다른 뜻이나 말에 얹힌 전혀 다른 속내를 알아차리는 것이 가능해졌다.

입성이나 이 시간에 택시에서 화장을 하고 있는 여자의 목적지가 유흥가 골목이라는 것으로 미루어 택시기사는 문숙이 그 정도 농은 해도 될 만한 여자임을 쉽게 감지했으리라. 사내들이란 말로든 몸으로든 만만하게 대하고 놀 여자인지 그렇지 않은 여자인지를 가늠하는 기계 같은 촉수가 있는 동물이었다.

"아저씨, 정신 챙기시고 속도 내서 운전이나 하세요."

"어디서 일해요?"

이쯤이면 대놓고 걸어오는 수작이었다.

"왜요? 일당 내놓고 이대로 싣고 드라이브라도 가게요?"

"못 할 것도 없지. 이런 날 다 집어치우고 이쁜 아가씨랑 드라이브 하면 그만이겠는데."

택시기사는 어느새 말을 짧게 잘라먹고 있었다. 나이 든 아줌마 티가 나는 것은 아니지만 삼십대 중반을 넘어선 문숙을 택시기사는 아가씨라고 치켜세우며 느물거렸다. 도우미쯤이야 몇 마디 말로 꼬드길 수 있다는 표정과 그게 안 되더라도 심심하지 않게 농지기를 섞어 나쁠 것 없다는 심사였다. 택시기사는 날씨와 교통 상황을 알리던 라디오를 끄고 트로트를 편곡한 카페음악을 틀었다. 흐느적대며 꺾어지는 여가수의 익숙한 노래에 에코가 잔뜩 들어가 웅웅 울렸다.

"이런 무드 있는 날 사랑하는 여자랑 즐기면 환상이지."

일당이라도 쥐어준다면 어둑한 노래방보다 나쁠 거야 없지만 말하는 싹수가 눈 내리는 걸 핑계로 공짜 재미나 보자는 인간임이 틀림없었다.

"됐네요."

문숙은 파우치를 가방에 소리 나게 던지듯 넣으며 택시기사의 말을 잘랐다. 스커트 앞을 탁탁 털어내고 팔짱을 낀 채 창 쪽으로 고개를 돌렸다.

문숙은 결혼을 한 여자가 할 수 있는 도우미를 거의 다 섭렵했다. 식당 주방 도우미를 시작으로 가사 도우미, 홀서빙, 대형마트 식품 판촉 도우미, 공사장 옆 간이식당에서 밥을 배달하고 돈을 걷어 오는 일까지 안 해본 일이 없었다. 노래방

에 오기 전 경희는 그런 문숙을 도우미 종합세트라며 구시렁
거렸다. 사람을 부르는 호칭이나 말투에는 느낌이라는 것이
있기 마련이다. 흔하디흔한 도우미라는 말에는 남을 돕는 착
한 사람이라는 뉘앙스와 어떤 면에서는 싱그러운 이미지까지
담겨 있었다. '도움'에서 비롯된 것이 분명한 도우미라는 말
을 누가 처음 썼는지는 알 수 없지만 지금처럼 다종다양한 곳
에서 쓰이는 호칭이 되리라고는 아무도 몰랐을 것이다. 삼겹
살집, 생맥주집, 파출부, 노래방, 온갖 파트타임까지 세상은
헤아릴 수 없이 많은 도우미 천지였다.

　성희를 임신했을 때 문숙은 환갑이나 칠순 잔치에서 노래
를 부르는 여자의 잔심부름을 한 적이 있었다. 폭이 넓고 화
려한 한복을 입은 여자가 무대를 누빌 때 아래에서 하객들을
부추기는 역할이었다. 우중충할 수 있는 노인 잔치에서 꼭 필
요한 도우미였다. 확실하게 이끌어가는 사람이 있거나 아들
이나 사위 누구 한 사람 망가지지 않고서는 흐드러지게 잘 놀
았다는 말이 나오지 않는 것이 노인들 잔치였다. 맨정신에 부
모와 부모의 지인들 앞에서 자식들이 그런 재주를 보이는 게
쉬운 일은 아니었다. 놀이꾼이 필요했다. 판을 휘어잡고 어르
신들의 흥을 돋우고 놀이판에 걸맞게 가족들과 하객을 이끌
어주는 사람을 노인들은 기생이라고 불렀고 젊은 사람들은
도우미라고 불렀다. 문숙은 그 도우미의 보조 도우미였다.

팔순이 넘은 노인들은 많아졌지만 잔치를 벌이는 일은 예전에 비해 많이 줄었다. 환갑을 인생의 마지막 잔치라고 생각하고 살았던 시절과는 세월이 달라졌다. 환갑 잔치는 칠순 때로 미루고 칠순은 해외여행으로 대체되었다. 팔순 잔치도 사람을 불러모아 인사치레를 해야 하는 번거로움을 피해 간단히 가족 식사만 했다. 칠팔순 노인들이 친인척 외에 부를 만한 친구들이 많은 것도 아니어서 잔치의 손님은 후손들로 채우기 마련이었다. 너도 나도 살기 어려운 형편에 내 부모의 장수를 기념하기 위해 친구를 초대하고 축의금을 받는 것은 부담과 피해가 되었다. 잔치는 줄어들고 대신 리마인드 웨딩이 대세를 이뤘다. 그런 곳에는 이른바 기생이라고 불리는 여자가 할 일은 없었다. 이벤트 회사나 동네 사진관까지도 늙은 부부에게 웨딩드레스와 연미복을 입혀 사진을 찍고 여행을 가는 상품을 내놓았다. 나이 든 부부에게도 자식들에게도 의미 있고 우아한 놀이였다. 노인 잔치 도우미 기생이라는 업종은 언젠가부터 사라졌다.

제일 견디기 어려웠던 일은 가사 도우미였다. 집에서 매일 하는 살림살이니까 수월할 것이라고 만만하게 생각하고 덤볐던 일이었다. 주인 여자들은 하나같이 멀쩡한 스팀 세탁기를 두고도 주인 남자의 팬티까지 손으로 빨고 삶아내라고 했다. 돈을 주고 시키는 일이니 지저분하고 궂은 일은 모조리 시키

자는 심보였다. 주인 여자들의 말투는 삼겹살집이나 생맥주
집에서 한쪽 엉덩이를 슬쩍 주무르는 남자들의 추태보다 훨
씬 모욕적이고 치사했다. 문숙은 가는 집마다 일주일을 채우
지 못하고 관두기를 반복했다. 노래방 도우미로 안착한 것은
사람 대접 못 받기로는 가사 도우미보다야 더할까 하는 생각
때문이었다. 그럴 바에야 일당이라도 센 일을 하라는 경희 말
도 크게 작용했다.

　문숙이 다녔던 가장 번듯한 직장은 결혼 전에 몸담았던 회
계사 사무실이었다. 회계사 사무실에 다닌다는 말만으로 주
변에서 봐주는 시선이 달라지는 때였다. 사무장이라는 사람
에게 알량한 수준의 면접을 보고 처음 출근할 때의 설렘은 말
로 할 수 없었다. 예쁘다는 말을 듣고 자랐지만 인물이 필요
한 자리가 아니라는 것쯤은 문숙도 알고 있었다. 그런 자리가
자신에게 떨어지다니 횡재를 한 기분이었다. 정해진 업무가
없이 온갖 허드렛일과 심부름을 도맡아 하는 것이었지만 회
계사 사무실에 근무한다는 자긍심은 그 모든 것을 상쇄해주
었다.

　남들에게 말하기 좋은 회계사 사무실 직원이라는 행운이
왜 자신에게 떨어졌는지 알기까지 그리 오랜 시간이 걸리지
않았다. 소득세 신고 기간이나 여타 세금을 처리해야 되는 때

마다 밤샘은 예사였고 커피 담배 심부름에 먼저 들어온 여사
원들의 시집살이를 버티기가 쉽지 않았다. 수당 한 푼 없이 밤
을 새야 하는 것도 억울한데 관리자는 몇 달씩 임금을 주지 않
고도 오히려 사소한 잘못을 이유로 윽박지르며 나가라고 무시
하기 일쑤였다. 만성피로에 절었던 어느 날 월급을 못 받고도
얼마나 버티나 보자는 선임 여직원과 대판 싸우고 사무실을
나왔다. 들볶던 선임과 맞장을 뜬 것은 속이 후련했지만 그
대가로 그 동안 일했던 월급은 영영 받지 못했다. 자존감에
커다란 상처를 준 직장이었지만 문숙은 지금도 처녀 때는 회
계사 사무실에서 근무했노라고 말하곤 했다. 살아오면서 그
것만큼 무얼 했다고 내놓고 얘기할 만한 게 없는 인생이었다.

　헤어진 남편을 만나기 전까지 고만고만한 사무실에서 잡무
를 보거나 큰 슈퍼의 계산대에서 일을 하면서 겨우 앞가림을
했다. 남편은 제법 규모가 있는 슈퍼에서 문숙과 같이 근무하
던 사람이었다. 부끄러움이 많고 조용한 성격의 남편이 회식
에 이은 노래방에서 당시 대한민국을 들썩이게 한 파격적인
댄스곡을 땀을 흘리며 부르는 것을 보고 문숙은 한눈에 반했
다. "그녀는 예뻤다"로 시작하는 가사는 문숙을 두고 하는 말
이 틀림없었다. 결국 이별을 한다는 내용이었지만 뒤의 가사
가 어찌되었든 그건 상관없었다. 자신에게 그렇듯 정열적으
로 준비한 노래를 바치는 남자가 세상에 또 있을까 하는 행복

에 젖었다. 그 노래를 부르는 가수의 열정적인 율동과 아찔한 표정들이 더해져 남편의 프러포즈는 황홀하고 짜릿했다.

문숙은 가끔 그때의 전율은 순전히 혼자만의 착각이었던 게 틀림없다고 생각했다. 그 노래와 춤이 없었다면 결혼도 두 아이를 낳는 일도 문숙의 인생에서 일어나지 않았을지 모른다. 사는 동안 남편의 노래를 듣던 순간만큼 가슴 뛰는 흔들림과 황홀한 위로를 받은 적은 없었다. 그것이 문숙이 남편에 대해 떠올리는 유일한 자위였다.

부끄러움 많고 사람 좋은 남편은 지독하게 무능했다. 일을 하고 돈을 받지 못하기는 예사였다. 남 밑에서 일하는 게 도저히 안 되는 사람인가 싶어 전세금을 빼서 트럭을 장만했다. 운 좋게 수산물 운송 지입 사장이 되었다. 부두의 큰 배에서 수산물을 싣고 수산시장까지 옮기는 일이었다. 사건은 일이 익숙해질 만하자마자 터졌다. 배에서 수산물이 하역되기까지 기다리는 동안 근처 오락실에서 죽치던 남편은 예약된 물건을 받지 못했다. 도매상 소매상 모두 손해배상 운운하며 난리가 났고 일은 더 이상 할 수 없었다. 애꿎은 트럭은 애물단지가 됐다.

결혼하고 반 이상을 놀며 지냈던 것이나 그나마 일을 해도 월급 한 푼 못 받아 오는 일, 전자오락과 온라인 고스톱으로 살림을 축내는 것까지는 참았다. 그러나 무한정 트럭을 세워놓은 이유를 캐물어 앞뒤 사정을 알게 된 날, 문숙은 소주를 두 병 마시고 살림살이를 닥치는 대로 모조리 부쉈다. 짐승처럼 남편을 쥐어뜯으며 악을 썼다. 그러곤 며칠을 꼼짝하지 않고 드러누워 있었다. 순한 남편은 헤어지자는 말에 허무하리만치 순순히 동의하며 아이들은 맡아 달라고 기어들어가는 소리로 말했다. 문숙은 두말하지 않았다. 아무것도 달라진 것은 없었다. 모든 것은 그대로였고 남편만 집을 나가고 없을 뿐이었다. 업자를 수소문해 세워뒀던 트럭을 헐값에 팔았다.

조용한 분위기에서도 북적거리는 옆 장례 홀들과 달리 문숙의 장례식장은 썰렁하게 영정만 놓여 있었다. 문숙의 큰딸아이는 잔뜩 움츠리고 앉아 있었고 아들 녀석은 누군가의 손에 이끌려 복도를 오가고 있었다. 웃고 있는 걸로 봐서 엄마의 죽음을 잘 모르거나 믿지 못하는 것 같기도 했다. 아직 조문객을 위한 상차림조차 되어 있지 않은 장례식장은 썰렁했다. 여느 주부들 같지 않은 차림으로 어설픈 음식 몇 가지를 놓고 앉아 있는 여자들이 손님의 전부였다. 경희는 음식을 날라주고 상을 차려주는 도우미들에게 이것저것 묻고 지시하고 있었다. 여자들 옆으로 경희도 자리를 잡고 앉았다. 여자들은 문숙이 들어갔던 룸 얘기를 하며 눈물을 훔치기도 하고 혀를 차기도 했다. 한참 테이블을 뛸 토요일 밤 시간에 와준 것만으로도 딴에는 인정머리가 있는 사람들이었다.

"지랄맞게 까다롭게 굴더라니까, 이거 해봐라 저거 해봐라."

"생전 안 그랬는데 어쩔라고 문숙이가 하라는 대로 소개하고 말 듣고 그러더라고."

"뒤를 돌아봐라 젖통 크기 보이게 윗도리 더 내려봐라, 초장부터 얼마나 진상인지 성남이 알아서 나가더라니까."

사는 곳이 성남인 도우미를 여자들은 성남이라고 칭했다.

"여섯이 앉아 가지고 빤스까지 내보이게 하고 기껏 셋 앉혔어. 염병할 것들이."

"문숙이가 스커트 허리로 올려 까고 팬티 내놨는데 개자식들이 밀치고 이름이 뭐야? 걔 있잖아, 그 어린 애 찍었거든."

경희는 오늘 나오라고 극성스레 전화한 일이 너무나 후회스러웠지만 여자들에게 그 말을 하지는 않았다. 룸에서 있었던 일은 다 듣지 않아도 알 만했다. 문숙의 남동생 문종 내외가 여기저기 전화도 하고 관리사무실에 쫓아다니며 일을 보고 있었다. 아직 상복도 제대로 갖춰 입지 못한 장례식장 안은 찬바람이 든 것처럼 차갑고 어수선했다. 한쪽 구석에 자리하고 앉은 조문객들 중에 남자는 한 명도 없었다. 경희는 영정 아래 앉아 있는 성희를 쳐다봤다. 복도에서 왔다갔다 하던 성민이는 제 누나 옆에 꼭 붙어 있었다. 성희는 누가 시킨 것인지 거기가 제 자리임을 알고 있는 것인지 상주 자리에서 얼굴을 들지 않고 앉아만 있었다. 복도를 지나는 다른 조문객들이 어린아이들만 앉아 있는 젊은 여자의 장례식장을 힐끔거리며 안쓰러워했다.

"성희야, 이리 와."

성희는 경희를 가만히 쳐다보기만 했다. 다시 경희가 손을 내밀며 오라고 하자 대답을 하지 않고 고개만 가로저었다. 옆에 있는 제 동생을 더 꽉 잡는 것 같았다.

"성희야, 성민이랑 이리 와봐."

문종이 조의금을 받는 입구에서 아이들을 불렀다. 상복을 차려입은 문종의 손에 아이들에게 입힐 옷이 들려 있었다. 경희가 어린애들에게까지 상복을 입힐 필요 없다고 손을 저었다. 애들 아빠에게 연락은 했는지 물어볼까 하다가 경희는 그도 문종에게 맡기기로 했다. 큰일을 치를 때 아무것도 도와주지 않고 입으로만 감 놔라 대추 놔라 하기 좋은 소리를 하는 것이 사람을 더 피곤하게 한다는 것을 잘 알고 있었다. 문종은 다가온 성희의 머리를 쓰다듬으며 무어라 말을 건네고 자리로 돌려보냈다.

아무리 하찮게 여기던 누이지만 사람이 죽은 마당에 그 피붙이를 틀어쥐고 챙기는 것이야 당연한 일인지도 몰랐다. 남편도 없이 치르는 상에 조카들을 다잡고 일처리를 하는 문종 내외라도 있어 그나마 다행이라고 경희는 생각했다. 몸 팔아서 애들 키우고 먹고산다고 제 누이를 사람 취급 안 하던 문종이었다. 누이를 그리 무시하는 문종도 무슨 캐피탈인가 하는 곳에서 빌려준 돈을 추심하는 일을 한다고 들었다. 내놓고 말할 만한 직장은 아니지만 문숙은 문종이 제법 자리를 잡았다고 마음을 놓은 눈치였다. 문종은 문숙이 기를 쓰고 넣던 적금을 깨서 자기 회사에 맡겨 돈을 불리라고 설득을 하다가 누이와 크게 다툰 적도 있었다. 문숙에 비하면 셈이 빠르고 다부진 구석이 있는 문종이었다. 돈 문제로 싸우고 난 뒤 왕래 없이 지냈는데 누이 뒷일을 나 몰라라 하지 않고 제 일처럼 해주니 고마울 따름이었다.

"누나, 성희 성민이 옷을 좀 가져와야 할 것 같은데."

문종이 경희를 보고 말했다.

"그래, 내가 가서 이것저것 챙겨오지 뭐. 택시 타고 갔다 오면 금방인데."

장례식장 밖 밤하늘은 언제 눈이 왔나 싶게 금세 별이라도 보일 것처럼 진하고 맑았다.

"망할 년."

경희는 하늘에 대고 여느 때처럼 욕을 날렸다. 콜을 받고 게으름을 피우던 문숙에게 나오라고 종주먹을 들이대듯 하지 않았다면 초저녁부터 룸에 들어가 진상들에게 퇴짜를 맞는 더러운 일은 겪지 않았을 텐데. 전화만 하지 않았다면 눈 내

리는 도로의 달리는 택시에 거꾸로 매달려 죽는 일은 없었을
지도 모르는데. 전화를 하지 않았어도 문숙은 결국 노래방 콜
에 응했을 것이다. 매달 들어가는 돈이 빤했고 그 돈을 펑크
내는 일이 없는 문숙이었다.

"썩을 년."

경희는 죄의식 따위를 느끼는 건 사치스러운 짓이라고 생
각하며 걸음을 재촉했다.

플라스틱 물통 뚜껑을 눌러놓은 벽돌을 들추고 열쇠를 집
었다. 애들 목에 열쇠를 걸어주면 집에 어른이 없다는 표시여
서 위험하다는 말이 돌 때부터 열쇠를 숨겨놓은 장소였다. 이
불이 깔려 있는 방 안은 보일러가 돌아가고 있어 따뜻했다.
애들이 먹던 빵부스러기가 널려 있는 것 빼고는 집 안도 깔끔
했다. 문숙의 성격에 콜을 받고 나간다고 집 안을 지저분하게
해놓았을 리는 없지만 방금까지 사람이 있던 것처럼 싱크대
도 큰방 침대도 반듯했다. 경희는 애들 방에 걸려 있는 겉옷
을 챙기고 안방 장롱을 열어 갈아입힐 옷들을 꺼냈다. 서랍마
다 죽을 것을 알고 정리한 듯 차곡차곡 애들 옷이 개켜져 있
었다.

"미친년, 이렇게 바지런을 떠니 죽네 사네 몸이 고달프지."

애들 옷을 담아갈 종이 가방을 찾느라 고개를 방바닥에 대

고 침대 밑을 보았다. 종이 가방 몇 개와 구두 상자 하나가 놓여 있었다. 종이 가방에 옷을 담고 구두 상자를 열어보았다. 만 원짜리 지폐가 상자 반을 조금 넘게 쌓여 있었다. 룸에서 팁을 받을 때나 수입이 훌쩍 오르는 날마다 없는 셈치고 채워 백만 원이 되면 딸아이 컴퓨터를 바꿔준다고 했던 말이 생각났다. 상자 바닥에 보험증서와 통장도 얌전히 깔려 있었다.

"멍청한 년."

상을 치르는 동안 현금이 필요한 문종에게 구두 상자를 전해줘야겠다고 생각하고 그대로 종이 가방에 세워 담았다. 가방을 챙겨들고 더 챙길 것은 없는지 애들 방을 둘러봤다. 처음 사고 소식을 듣고 장례식장으로 오는 택시 안에서 경희는 어쩌면 문숙이 죽지 않았을지도 모른다는 엉뚱한 생각을 했다. 깔끔하고 온기 있는 집 안을 보니 아직도 모든 게 꿈만 같았다. 핸드폰이 울렸다. 모르는 번호는 문숙의 남편이었다. 겨우 들리게 기어들어가는 목소리는 여전했다.

"장례식장에 도착했는데 경희 씨가 없길래 혹시라도 집사람 일 모르고 있나 해서⋯⋯."

"알고 있어요."

어느 한 구석도 마음에 들지 않았지만 애들을 봐서라도 왔다니 다행이라면 다행이었다. 애들을 맡아 키우지 못하는 무능을 부끄러워하기나 하는 것인지 문숙과 헤어진 후 단 한 번도 애들을 찾았다는 말을 듣지 못했다. 문숙이 돈에 쪼들릴 때마다 경희가 찌질한 남편은 뭐 하는 위인이냐고 욕을 해대면 문숙은 사람 좋아 해코지 안 하는 게 어디냐고 했다. 양육비를 받는 건 고사하고 이혼을 하고도 얻어맞고 돈 뜯기며 사는 경희에 비하면 틀린 말도 아니었다.

병원 앞에서 택시를 세웠다. 장례식장까지 좀 걸어 올라가도 좋을 것 같았다. 속이 차가워지게 맥주라도 한 잔 들이붓고 싶도록 가슴에 갑갑증이 일었다. 경희는 손에 들린 구두 상자를 내려다보았다.

"미친년."

장례식장은 여전히 썰렁했다. 삼일장을 치르자면 아직 시간이 있었고 문상은 내일이나 되어야 본격적으로 이어질 터였다. 성희와 성민이는 저희 숙모에게 기대 잠들어 있었다. 문종의 처도 벽에 기대앉은 채 눈을 감고 졸고 있었다. 문상객은 상 두 개에 나눠 앉은 사람들이 전부였다. 문종의 처를 깨우자니 그렇고 돈이 든 구두 상자를 들고 있기도 어정쩡했다. 동창 두엇이 앉아 있는 상에 가서 아는 체를 하고 문종을 찾아 밖으로 나왔다. 복도가 끝나고 휴게 공간으로 꺾이는 곳에서 문종의 목소리가 들렸다.

"매형, 어차피 애들 키우기 어렵잖아요. 누나하고도 그렇게 얘기했던 거고."

"어떻게 해야 할지 모르겠는데 너무 갑작스러워서 차차……."

"매형, 저 그 돈 허투로 쓰지 않아요. 나 몰라요? 애들 내가 데리고 있겠다잖아요, 매형. 애들 다 커서 대학 갈 때 불려서 쓰면 그게 어디에요. 성희 성민이도 우리 애들이랑 같이 크면 외롭지도 않고."

얼핏 들으면 기특하게도 제 누이가 남긴 남매를 키우겠다고 매형에게 사정을 하고 있나 싶었다. 하지만 가만히 돌아가는 모양이 순전히 애들 때문만은 아닌 것 같고 못난 애들 아빠는 이러지도 저러지도 못하고 헤매고 있었다. 무슨 돈을 불리겠다는 것인지 경희는 머리가 복잡했다. 문숙이 들고 있는 적금 그깟 돈 몇 푼을 건져보자고 실리에 밝은 문종이 찌질한 위인에게 매형, 매형 하며 애원조로 설득할 리는 없었다.

"매형, 그렇게 나를 못 믿겠으면 애들 매형이 데려가실래요?"

"그게 당장은……."

"거봐요, 매형 사정 다 알고 하는 얘기라니깐 그래요. 애들도 엄마는 아니어도 아침저녁 해 먹이는 숙모라도 있는 집이 낫다니까요. 형이 보험 수익자니까 일단 찾아서 우리 회사에 딱 묶어놓으면 아무 문제 없다는데 그래요."

"그래, 그게 좋을 것 같기는 한데…… 내가……."

"그럼 매형 보는 데서 찾아서 곧바로 오천은 은행에 묶어서 아무도 못 만지게 애들 대학 갈 때 쓰고, 오천은 우리 회사에 넣어놓고 불어나는 만큼만 애들 생활비로 다달이 쓰면 어때요. 괜찮죠? 매형, 애들 밑으로 돈 들어가는 것도 있으니까 막말로 매형이 데리고 살아도 애들 클 때까지 그만한 돈 안 든다는 보장 없잖아요."

문종의 처가 보험을 시작하고 얼마 안 되었을 때 들었던 기억이 났다. 실적이 없어 잘리게 생겼다고 문숙이 꽤 큰 보험을 들어줬다. 문숙은 농담하듯 제가 당장 죽어도 애들 앞으로 일억은 떨어질 거라고 했다. 애들이 미성년이니 애들 아빠가 수익자였다. 양육에 지레 겁을 먹고 있는 찌질한 위인에게 성희 성민이를 키운다는 미끼를 던지며 문종이 돈에 대한 다짐을 받아내는 중이었다.

"멍청한 년, 썩을 년."

경희는 가슴이 꽉 막혀 답답했다. 장례식장 밖으로 나오는 층계를 오르며 구시렁거리듯 욕이 나왔다.

"나쁜 년."

구두 상자가 담긴 종이 가방을 든 채로 경희는 허공에 대고 다시 욕을 뱉었다. 문숙의 집에서 보았던 모니터 화면이 밤하늘에 별처럼 떠 있었다.

더 챙겨야 할 것이 없는지 종이 가방을 책상에 올려놓고 작은방을 살필 때였다. 종이 가방이 키보드를 건드린 모양이었다. 모니터 화면이 환해지면서 창이 떴다. 게임 창 한쪽에 성희가 누군가와 나누던 대화가 남아 있었다.

　아찌 : 안녕, 자기소개

　분홍곰인형 : 여기서 겜하는 아디는 동생 꺼구 난 중1 ㅋㅋ

　아찌 : 글케 간단하게 말고 어디 살고 분홍곰이 젤 좋아하는 거 그런 거 말해야지? ㅎㅎ

　분홍곰인형 : ㅋㅋ

　아찌 : 웃긴, 가까운 데 살면 아찌 만날까?

　까만 하늘에 가늘게 눈발이 흩날리기 시작했다. 경희는 자꾸만 코가 매워 하늘을 향해 고개를 더 젖혔다.

　"망할 년."

전국노래자랑 마니아

　김 주임의 악다구니는 매일 들어도 면역이 생기질 않았다. 작업 중에 모두 불러모아놓고 의자에 올라서자마자 김 주임은 목소리를 높였다. 멱살잡이를 하고 싸울 일이 있는 것도 아닌데 저렇게 느닷없이 흥분을 하는 게 재주인지 연기력인지 놀라웠다. 생산라인에서 관리자의 잔소리나 쓴소리를 듣는 것쯤이야 그러려니 하기 마련이었다. 성질 더러운 관리자의 닦달도 몇 주만 지나면 저항력이 생기는데 김 주임의 레퍼토리는 어찌나 다양하고 변화무쌍한지 들을 때마다 기염을 토하고 사람을 뒤로 넘어가게 했다. 관리자의 말 따위는 그러거나 말거나 무감하게 지내는 나도 김 주임에게는 역부족이라 고개를 절레절레 흔들 때가 많았다. 쉬라고 정해진 신성한 일요일에 출근까지 하는 성의를 봐서 아침 조회 정도는 생략하고 지나가나 했더니 생산량이 잘 빠지지 않는지 뒤늦게 침을 놓고 있었다.

　얼마 전 어김없이 김 주임의 잔소리가 이어지던 아침 조회

시간이었다. 나는 동료들 사이에 묻혀 고개를 숙이고 네 번째 손톱 옆에 일어난 까칠한 살갗을 떼어내는 데 몰두하고 있었다. 떼어질 듯 잡히지 않는 것이 사람 애를 태우며 신경을 곤두서게 했다. 스마트폰에 들어갈 작은 부품과 선들을 종일 만지다 보니 교대를 하듯 이 손가락 다음엔 저 손가락에서 까칠한 살갗들이 일어났다. 손에 잡히기만 하면 떼어질 것 같은 살갗은 잡힐 듯 잡힐 듯 잡히지를 않았다. 손을 입으로 가져가서 이로 떼어내고 싶었지만 높은 곳에서 내려다보며 웅변을 하고 있는 김 주임에게 들킬 염려가 있어 꾹 참고 고개를 숙여 양손만 부지런히 놀리고 있었다.

김 주임의 높낮이 없이 계속 질러대기만 하는 큰 목소리는 말을 시작할 때는 긴장이 되다가도 계속 듣다 보면 언성이 높아져도 아무런 감흥이 일지 않았다. 겨우 손톱 끝에 잡힌 살갗을 떼어내려고 잡아당기자 생살까지 따라 찢겨 일어나며 피가 났다. 손톱 옆으로 일어난 생살이 파여 따갑고 아팠다. 손가락을 입으로 가져가 침을 묻혔다. 모양은 좀 추접했지만 한결 쓰라림이 덜했다. 이제 침이 묻어 불어난 살갗을 달래 떼어내기만 하면 되었다. 내내 잔업을 해서 겨우 납기를 맞춘 제품에 문제가 생겨 새벽까지 철야 작업을 하던 참이었는데 김 주임은 생산량을 더 늘려야 한다며 언성을 높이고 있었다. 손톱 가장자리는 파였지만 이제 불린 살갗을 떼어내기만 하면 개운해질 것이라는 생각에 살갗을 손톱으로 잡아당기고 있던 나는 김 주임의 말끝에 "지랄을 하세요"라고 나도 모르게 중얼거리듯 내뱉고 말았다. 순간 나는 당황했지만 이미 엎지른 물이었다. 사람들이 키득거리며 웃기 시작했고 제 큰 소리 탓에 내 작은 소리를 듣지 못한 김 주임은 영문을 모르고 웅성거리는 분위기에 불쾌해 목소리를 더 높였다. 고개를 들고 올려다보니 김 주임의 입 가장자리에는 노인네처럼 거품이 끼어 있었다. 그 뒤로 '지랄을 하세요'는 관리자들의 말끝에 붙이는 조용한 비아냥거림으로 우리 생산라인의 유행어가 되었다. 우연히 유행어를 창조한 나를 가까운 동료들은 관리자의 독설에도 툭 개그를 치는 강심장으로 인정했다.

동료들의 생각과 달리 나는 김 주임에게서 지나치다 싶은 말을 들은 날이면 퇴근할 때까지 종일 뭐 씹은 기분으로 지내는 편이었다. 하는 소리라야 빤했다. 생산량은 늘리고 불량품은 줄이라는 것, 그게 생산라인의 최상의 목표였다. 그러기 위해서 복장도 단정히 하고 실내화도 청결히 해야 한다며 청결도를 검사하고 트집 잡아 다그칠 때도 있었다. 하지만 그게 생산 불량제로와 우리 엄마 잘 쓰는 말로 당최 무슨 상관인지 알 길은 없었다. 작업 시간에는 거울도 보지 말고 껌도 씹지 말고 잡담도 하지 말아야 했다. 하루 종일 핸드폰 뚜껑에 샤프심과 비슷한 두께의 나사 수천 개를 전동 드라이버로 돌리다 보면 졸음이 안 오는 게 오히려 이상했다. 궁여지책으로 껌을 씹기도 하고, 눈 감고도 할 수 있을 만큼 익숙해진 작업이라 앞사람 옆사람과 김 주임 송 반장 눈을 피해 그들이 말하는 잡담을 하기도 했다.

"남의 시간 갉아먹는 기생충 같은 것들은 아예 나오지를 마."

오늘은 기생충이었다. 생산량이 다른 라인보다 떨어지는 우리 라인은 개돼지의 포유류에서 바퀴벌레까지 종을 넘나들며 변종을 거듭했다. 불량을 많이 낸다고 돌대가리가 되기도 하고 출근해서 밥만 축낸다며 식충이도 되었다. 오늘은 지각한 사람들이 다른 사람의 영양분에 빌붙는 기생충이었다. 우리 라인의 이번 주 기생충은 적어도 여섯 마리가 넘었다. 나도 오늘 그 한 마리가 되었다. 자칫하면 본보기가 되어 개망신을 당할지도 모르는 상황이었다. 나는 눈을 내리깔고 고개를 숙였다.

"늦잠 잤니?"

지루한지 정연이가 팔꿈치로 내 옆구리를 찔렀다. 김 주임의 날카로운 눈초리가 내 정수리에 머물고 있는 것 같았다. 나는 정연이의 말을 못 들은 척 고개를 숙인 자세 그대로 있었다.

"일요일에 차가 밀릴 일도 없을 거고. 어인 지각이야?"

정연이가 재차 말을 붙이는 건 김 주임의 시선이 내게 없음을 뜻했다. 일요일 출근에 몇 분 지각을 했다고 말 같지 않은 훈시의 주인공이 된 것이 언짢아 정연이의 말붙임이 성가셨다. 이 꼴 저 꼴 보기 싫어 고개를 숙인 것이지만 김 주임에게는 내 이런 자세가 자성의 태도로 비쳐지길 바랐다. 나는 구겨진 자존심에 최면 주문 '레드 선'을 걸듯 고개를 숙인 채 중얼거렸다.

"똥은 더러워서 피하는 거지. 그래, 피하자 피해."

지겨운 공장 생활이 삼 년을 넘고 있었다. 일이 많지 않아 정시에 퇴근할 때는 그다지 나쁘지만은 않았다. 작업 종료 벨이 울리면 누구 눈치도 볼 필요 없이 작업복을 벗고 퇴근을 할 수 있었다. 다른 직종에서 일하는 친구들에 비하면 가장 좋은 점이기도 했다. 그런 정시 퇴근이 사나흘 이어지면 불안하고 일주일 정도 지나면 줄어들 월급이 걱정되면서 우울해졌다. 급기야 회사의 주문량과 생산 물량 재고까지 걱정하는 주인의식이 여지없이 발휘되기도 했다. 특근은 불어난 수당으로 월급을 받는 순간이야 기분이 좋지만 다음 주 내내 피곤에 절어 지내야 하므로 일요일까지 컨베이어벨트에 앉아서 일하는 건 정말 사양하고 싶었다. 김 주임의 기생충 타령은 정신만 차리면 불량을 줄일 수 있다는 얘기로 넘어가고 있었다. 고개를 들기 싫어 주머니에서 핸드폰을 꺼내 시간을 봤다. 일요일 열두 시 김 주임의 높은 목소리가 아까운 점심시간을 타넘어가고 있었다.

"아, 그만 좀 하자. 오늘은 정말 재미 별로네."

짜증이 확 솟았다. 큰언니는 모두 좋은데 정말 다 좋은데 딱 한 가지 내 마음에 들지 않는 게 있었다. 일요일 열두 시 정확히 말하면 열두 시 십오 분부터 한 시간 좀 넘게 방송되는 전국노래자랑을 보는 게 그것이었다. 큰언니는 방송 시간 한참 전부터 기대감을 나타내며 일찌감치 채널을 고정시켰다. 뿐만 아니라 아침 겸 점심으로 먹기 십상인 일요일 아침 식사도 방송 시간을 비켜 그 전이나 후에 먹어야 했다. 느긋한 일요일 오전 시간이 전국노래자랑 따위에 좌지우지된다고 생각하면 은근히 부아가 났다. 세탁기나 청소기 소리가 나면 안 되므로 밀린 빨래나 청소를 하는 것도 금지였다. 전국노래자랑 시청에 방해가 된다는 어처구니없는 이유 때문이었다. 아무리 우리 집이 좁은 아파트이고 청소기와 세탁기가 구형이라 소리가 만만치 않다고 해도 전국노래자랑의 뽕짝거리는 소음에야 비교가 되겠는가 말이다.

"큰언니, 영화 프로 조금만 보고 돌리자."

"안 돼, 일요일에 이 언니의 유일한 오락을 해하는 자 천벌받는다."

곧 있으면 전국노래자랑을 볼 수 있다는 기대에 큰언니의 얼굴에는 벌써부터 웃음이 번져 있었다. 일찍 아침을 먹었으니 나도 좀 텔레비전 앞에서 여유를 부려보고 싶은데 큰언니가 물러설 리 없었다. 같은 시간에 다른 채널에서는 영화 정보를 제공하는 제법 볼만한 프로그램을 했다. 최신 영화 정보도 알 수 있고 개봉관에서의 관람은 놓쳤지만 DVD로 볼 만한 것들을 챙길 수 있는 썩 괜찮은 프로였다. 촌스럽기 그지없는 전국노래자랑에 밀려 프로 전부를 보는 것은 고사하고 짬짬이 채널을 돌리는 것마저 큰언니는 용납하지 않았다. 참가자들이 노래를 부를 때는 물론이고 그 지방의 특산물을 들고 나와 사회자와 무대 바닥에 앉아 노닥거리거나 먹이고 먹여주며 억지스레 맛있다는 표정을 지어대는 동안 잠깐 채널을 돌리는 것도 퇴짜였다.

나는 거실 바닥에 신문지를 펴고 손톱깎이를 발톱에 갖다 댔다. 두꺼운 엄지발톱이 딱 소리를 내며 큰언니가 앉아 있는 쪽으로 튀었다. 큰언니는 별 반응이 없었다. 발톱이 튄 것쯤은 방해되지 않는 모양이었다. 나는 모르는 척 까칠하게 만져지는 엄지발톱을 손가락으로 문지르며 텔레비전을 쳐다봤다. 남자 출연자가 조잡하게 헝겊을 붙여 누더기로 만든 한복의 한쪽 가랑이를 접어올리고 각설이 춤을 추고 있었다. '사십오 세 이아무개 고추 농사'라는 소개 자막이 깔렸다. 고추를 가득 담은 바구니를 등에 진 그의 허리띠와 왕관도 고추로 만든 것이었다. 그는 된장에 고추를 찍어 사회자의 입에 마구 밀어 넣었다. 입가에 된장을 묻힌 채로 고추를 씹으며 사회자가 매워 죽겠다고 인상을 쓰자 카메라는 자지러지게 웃는 관객석의 할머니 할아버지를 비췄다. 요즘처럼 놀 것 많고 재미있게 구경할 것이 많은 세상에 신기하게도 전국노래자랑의 야외 방청석은 비가 오나 눈이 오나 땡볕이 내리쬐거나 늘 만원이었다.

"오늘은 출연자가 적은 모양이다."

큰언니는 프로그램 초반에 노래가 아닌 장기자랑이 길어지는 이유까지 꿰고 있었다. 노래 부르는 사람보다 장기자랑을 하거나 사회자와 농담 따먹기를 하는 사람들이 잡아먹는 시간이 길어지자 큰언니는 잠깐 다른 채널을 봐도 괜찮다고 허락했다. 발톱을 다 깎지 못해 채널 돌리기가 여의치는 않았지만 쉽게 올 수 없는 기회를 잃을까 봐 나는 재빨리 리모콘을 눌렀다.

"틀어."

짧은 영화 소개 하나가 채 끝나기도 전에 큰언니는 말했다. 나는 발톱에 시선을 둔 채 고개를 절레절레 흔들면서 '틀어'라는 말에 담긴 단호함에 리모콘을 넘겼다. 하나 남은 발톱을 손가락으로 만지작거리며 망설였다. 살을 파고들어 아픈 왼

176

발 두 번째 발톱은 깎지 않고 그대로 두었다.

내가 어릴 때 큰언니가 여행을 간다면서 전국노래자랑 녹화를 당부한 적이 있었다. 오래전 일이지만 큰언니의 녹화 부탁에 나는 혀를 끌끌 찼던 것 같다. 어린 생각에도 쉽지 않게 계획된 여행을 떠나면서 전국노래자랑 따위를 챙긴다는 것이 도저히 이해되지 않았다. 복잡한 녹화 기능을 조작하고 익히는 것도 귀찮았고 무엇보다 그 프로그램을 잠깐이라도 보고 있는 것이 지루해서 녹화는 애당초 생각도 하지 않았던 것 같다. 지금이라면 인터넷 다시보기로 처리하면 깔끔했을 일이지만. 어쨌든 나는 나중에 엄마 표현대로 지청구를 먹으면 그뿐이라고 생각하며 건성으로 대답을 하는 둥 마는 둥 했다.

여행에서 돌아온 큰언니는 녹화 여부를 확인하지 않았다. 큰언니는 꽤 꼼꼼한 편에 속했다. 성격이 털털하고 시원시원한 것 같아도 구석구석 자기 원칙이 분명한 사람이었다. 이를테면 나와 같은 방을 쓰면서 바쁠 때 사나흘씩 청소를 하지 않는 건 그냥 넘어가면서도 분리수거는 무진장 철저히 했다. 내가 휴지통에 버린 막대 모양의 커피믹스 봉지 하나도 끝부분에 남긴 설탕은 음식물 쓰레기에 쏟아내고 봉지는 따로 분리수거할 만큼 꼼꼼 대장이었다. 그런 사람이 여행을 가면서까지 간곡하게 부탁한 내용을 잊어버렸을 리는 없었다. 나는 결국 못 참고 한소리 들을지도 모른다는 각오로 물었다. 큰언니는 대수롭지 않게 대답했다.

"전국노래자랑은 현장감이 제일인데 아무래도 생동감이 떨어져서."

신신당부를 할 때와는 다르게 얄미울 정도로 맥 풀리는 간단한 대답이었다. 그 대단한 전국노래자랑은 주로 야외에서 녹화를 했다. 간혹 한겨울이나 한여름에는 그 지역의 실내 체육관이나 군민회관 같은 곳에서 진행되기도 했다. 상반기 하반기 연말 결선은 프로 가수들의 무대처럼 방송국에서 치러졌다. 학교 다닐 때의 시험공부 요약처럼 그 동안의 수상자들을 한꺼번에 볼 수 있으므로 나는 오히려 결선이 볼만했다. 하지만 큰언니는 그런 날은 잠깐 보다가 자리를 떴다. 나는 큰언니가 말하는 현장감이 내가 즐겨 보는 미니시리즈의 야외 촬영과 세트 촬영의 차이 같은 것이리라 짐작했다.

녹화를 부탁했던 여행이 사실은 수배를 피해 집을 떠난 것이었음을 나는 한참 지난 뒤에야 알게 되었다. 학습지 방문교사였던 큰언니는 여행을 다닐 만한 처지가 되지 못했다. 큰언니 친구들은 남편이나 자녀들과 가족여행을 떠나거나 혼자 하는 여행이더라도 말하기에 그럴싸한 세계 유적지를 찾았다. 함께 여행을 가자고 친구들에게 제안 받기도 하는 것 같았는데 큰언니는 번번이 거절했다. 나는 돈을 모아 근사한 여행지의 왕복 비행기 티켓을 준비하고 주머니 사정이 넉넉하

지 않은 큰언니에게 용돈까지 듬뿍 얹어주는 상상을 하고는
했다.

　비둔한 몸집의 남녀가 허리춤이 드러나도록 엉덩이를 돌려
대며 노래를 하고 있었다. 큰언니는 소파에 기대앉아 손뼉까
지 치며 큰 소리로 웃었다. 나는 출연자들이 천박하다는 말은
차마 입 밖으로 내놓지 못하고 잠깐 비아냥거렸다.
　"큰언니는 진짜 저게 그렇게 재밌어?"
　"노래가 좋잖아."
　큰언니의 말에는 혼자 소리 하듯 말끝을 끄는 여운까지 담
겨 있었다.
　"미친다, 진짜 적응 안 돼. 저 노래가 정말 좋아?"
　"뽕짝을 모르는 자, 인생을 논하지 말라는 말도 있어. 가
사, 리듬, 가슴을 찌르는데 뭘."
　"진짜 기막혀. 요즘 저런 저질 개그 시골 장터에서도 보기
힘들거든?"
　큰언니와 달리 나는 목소리에 날이 서 있었다. 도저히 눈
뜨고 못 볼 민망한 제스처로 남녀가 몸을 흔드는 노래는 뽕짝
이었다. 허리와 엉덩이를 돌려대는 꼴이 짐승의 교미 자세를
연상하게 했다. 출연자들 대부분의 노래가 그랬다. 그 노래가
그 노래 같은 리듬에 가사도 유치하기 짝이 없는 노래를 큰언

니는 종종 따라서 흥얼거리기도 했다.

남녀가 온갖 수선을 다 피우고 내려가자 곧바로 변두리 나이트클럽 포스터에서나 봄직한 남자 가수가 무대 위로 소개되었다. 원색의 무대의상을 입은 그는 부자연스러운 미소를 지으며 절대로 알려지기 어려운 저급한 수준의 노래를 시작하고 있었다.

"잠깐 보고."

채널을 돌리려는 나를 큰언니는 또 막았다.

"저런 건 봐서 뭐 하게. 저런 비주얼로 메이저 방송 무대에 선 것 자체가 기적이다 기적."

촌스러운 가수의 등장이 전국노래자랑이 얼마나 유치찬란한 프로그램인가를 일러주는 바로미터다 싶어 나는 주절거렸다. 아마도 해당 지역 출신이거나 밤무대에서 먹어주는 정도의 가수일 터였다. 당연히 채널을 돌려도 될 상황이지만 큰언니의 시청 원칙은 엄격했다. 아무리 무명 가수여도 사회자의 소개에 이어 무대에 올라온 가수의 인상과 노래 한두 소절은 들어보고 채널을 돌렸다. 리모콘을 들고 있는 내가 알아서 채널을 돌릴라치면 지금처럼 어김없이 언니의 제지가 따랐다.

"얼굴도 보고 옷차림도 보고, 재밌잖아."

"세심도 하셔."

나는 우습게 넘기지만 신곡을 들고 나오는 가수의 노래에 대해 큰언니가 히트를 점칠 때가 있는데 나중에 보면 적중률이 꽤 높았다.

"확실히 강원도가 순박한 면은 있는데 쇼맨십은 떨어져. 출연자도 적고."

큰언니는 지역별 선호도도 아주 분명했다. "안녕하세요"라고 크게 말하는 진행자 특유의 인사로 방송이 시작될 때 큰언니가 화장실이나 주방에라도 있게 되면 텔레비전 곁으로 걸어오는 몇 초를 못 참고 방송 지역을 물을 정도였다. 주로 전라도 지방을 재밌어하고 항구 도시와 관광 도시에서 방송을 할 때 크게 웃고 얘기도 많이 하는 편이었다. 큰언니가 "선곡부터가 달라"를 중얼거리며 눈을 떼지 않고 흥미진진한 모습으로 크고 작게 웃어가며 시청에 몰두하는 곳일수록 질펀한 뽕짝의 향연은 길고 다양했다.

드물게 도저히 못 보겠다고 하는 곳도 있는데 대체로 강원도나 충청도의 산골 어디쯤이었다. 지역적 특징도 찾기 힘들고 출연자 개개인들의 개성도 없어 지루하다는 것이었다. 해당 지역만 보고도 큰언니는 재미의 정도를 시작부터 예상했으며 그것이 대략은 맞아떨어졌다.

"역시 태안은 아무래도 외지인들이 많이 드나드니까 충남이어도 사람들 끼가 넘친다."

"같은 바다를 끼고 있는 도시여도 부산이랑 목포랑은 정말 다르지. 봐봐. 에너지가 비슷한 것 같지만 부산이 훨씬 드세고 화려하잖아."

"어, 여긴 경북인데도 왜 이러냐. 아, 청송이면 그럴 만하지."

"신도시들은 특징이 분명해. 파주는 의정부와 많이 비교된다."

우리 형제들은 모두 서울 토박이다. 서울을 떠나서 살았던 적은 한 번도 없었다. 내 친구나 회사 동료들도 거의 서울이나 경기 지역에서 태어나고 살았기 때문에 고향이 특별할 것은 없었다. 하지만 큰언니 친구들은 지방이 고향인 사람들이 많아서 서울이 고향이라고 하면 꽤 살만한 집 자식이라고 오해를 했다. 시골에서 살면 하루 세 끼 밥을 굶는 사람은 드물었다는데 서울에서 나고 자란 큰언니는 밥 굶기를 밥 먹듯 했다. 엄마는 큰언니 키가 우리 형제 중에서 가장 작은 것이 그 때문이라고 말했다.

"몇 살이나 먹은 애들이 저러냐."

엄마는 전국노래자랑 출연자의 나이에 관심이 많았다.

"나이도 어린 애들이 되바라지게 당최."

고구마순 줄기를 벗기며 엄마는 못 볼 것을 보았다는 듯이 미간을 찌푸렸다. 엄마가 나이가 어린 출연자들에게만 불만이 있는 것은 아니었다. "나이들 먹어 가지고 체신머리 없이 당최"라거나 "남편이랑 장성한 자식들이 보고 있을 텐데 흉하다"고 못마땅해 했다. 전국노래자랑에서 엄마에게 책잡히는 대상은 대부분 나이 여부를 떠나 적극적으로 망가지며 장기자랑이나 개인기를 선보이는 여자 출연자들이라는 공통점이 있었다. 엄마는 가끔씩 큰언니에게 다른 채널을 보자며 화를 내거나 텔레비전 앞을 떠나기도 했다.

전국노래자랑을 보며 미간을 찌푸린다는 것이 엄마와 나의 거의 유일한 공통점이었다. 가장으로서 책임을 다하지 못하는 아버지를 대신해 우리를 키우며 집안을 꾸려온 엄마는 여성스러운 면이 별로 없었다. 웬만한 일에는 놀라거나 허둥대지 않는 대범함의 소유자이기도 했다. 큰언니는 그런 엄마의 성품이 우리 형제들의 정서에 적지 않은 안정감을 주었을 것이라고 했다. 친구분들과 산악회 모임을 다녀오면서 건강보조제나 특산품들을 주기적으로 사들고 오는 것을 빼고는 나무랄 것이 없는 엄마였다. 그런 일이 있을 때마다 속거나 지나치게 비싼 값을 치르고 오는 엄마와 나는 크게 부딪치곤 했다.

엄마는 얼마 전에도 녹용즙을 백 포나 사들고 왔다. 식구들 모두가 먹을 생각으로 샀다지만 평소의 대범함만큼 엄마는 손도 컸다. 잔업을 일삼아 하는 내 월급의 반이 넘는 금액이었다. 한 포씩 비닐 팩으로 포장이 된 내용물이 진짜 녹용인지 중국산 녹용인지 적당히 비슷한 색깔의 무언가를 짜넣은 것인지 알 길이 없었다. 큰언니 말대로 형제들에게 안정감을 준 엄마의 대범함인지는 몰라도 할부니까 조금씩 갚아나가면 문제없다는 엄마의 느긋함에 나는 화가 치미는 걸 못 참고 또 터트렸다.

가짜일지도 모르고 진짜라고 해도 정도 이상으로 비싸다며 나는 흥분했다. 엄마는 내 기세에 항변을 하지는 않았지만 내 말을 수긍하지도 않았다. 실수를 인정한다 해도 얼마간 사들이기를 멈출 뿐 잊을만 하면 반복될 것이 뻔했다. 엄마가 매번 어처구니없는 물건만을 충동적으로 사들이는 것은 아니었다. 그렇지만 녹용즙은 우리 형편에는 너무 비쌌다.

이런 문제가 생길 때마다 큰언니가 어떤 태도를 취하느냐가 아주 중요하게 작용했다. 엄마는 내 말보다 큰언니 말에 신뢰의 무게를 얹어 고개를 끄덕일 때가 많았다. 큰언니는 엄마를 이해하는 쪽에서 나를 설득할 때도 있고 내 얘기를 무진장 순화해서 엄마에게 전달하고 화해를 종용하는 때도 있었다. 큰언니가 가장 중요하게 생각하는 것은 엄마 마음을 상하지 않게 하는 거였다. 칠순이 넘은 노인네에게 잘못을 지적하면서 마음을 상하지 않게 하는 것은 어려운 일이었다. 큰언니는 인내심과 나름의 설득력이 뛰어난 사람이었다. 큰언니와

184

얘기를 나눌수록 내가 말할 때와는 달리 엄마는 잘못은 인정하면서도 물건을 사들인 민망함과 불안에서는 놓여나는 표정이 역력했다.

"내 나이에도 건강에 대한 불안은 한 해가 다르거든. 자식에게 짐이 되면 안 된다는 생각이 강하기 때문에 저런 것에 귀가 얇아지시는 거라고 생각해라."

"가슴이라도 아파해야 한다는 거야?"

큰언니의 말은 알아들었지만 나는 치밀었던 화가 금방 사그라지지를 않았다.

"그리고 일단 엄마에게 드린 돈은 순전히 엄마 것이니까 까먹어."

"무슨 생뚱맞은 소리야."

나는 눈을 동그랗게 뜨며 큰언니를 쳐다봤다.

"많든 적든 돈을 드리면서 쓰임을 간섭하는 건 치사하잖니."

큰언니는 웃으며 가볍게 말했지만 치사하다는 말이 몇 푼 안 되는 용돈으로 엄마한테 공치사한다는 말처럼 들려서 뜨끔했다.

엄마가 제품을 반품하는 것에 동의하자, 큰언니는 소비자 보호원에 알아본 후 판매 회사에 내용증명을 보내고 우체국까지 물건을 들고 가서 반송하고 재차 항의하는 번거로운 절차를 거쳐 엄마가 건네고 온 계약금을 환불 받아냈다. 나는 엄마 앞에서 길길이 난리를 칠 때는 많아도 큰언니처럼 절차를 밟아 처리한 적은 없었다.

큰언니가 형제들 중 특별히 효녀는 아니었다. 오히려 수배와 옥살이로 큰일을 많이 만들어 가장 엄마의 속을 태운 자식이었다. 굳이 살아온 경력을 말하지 않는다면 지금 큰언니에게서 격렬하다거나 정의롭다거나 하는 운동권의 냄새는 전혀 느껴지지 않았다. 큰언니의 지인들은 요즘 텔레비전 시사토론에 단골로 출연하는 경우가 많았다. 큰언니는 전국노래자랑의 열성적인 고정 시청자였지만 큰언니 지인들은 시사 프로그램의 열성적인 패널이었다.

사랑의 밧줄로 꽁꽁 묶어라 내 사랑이 떠날 수 없게

노래에 맞추어 오십줄의 아줌마가 노래를 부르고 있었다. 전국노래자랑의 수준으로 볼 때 이런 노래가 나오면 밧줄이라도 들고 노래 가사 내용대로 재연하는 게 아닌가 하는 생각이 들었다. 지나친 상상인가 싶었는데 아줌마는 뒤춤에서 밧줄을 꺼내 사회자를 칭칭 감고 볼에 입을 맞췄다. 내 상상력의 엄청난 적중에 큰언니를 제치고 전국노래자랑 전문가가 되어가고 있는 것 같아 흠칫 놀라면서도 실소가 나왔다. 관객들의 웃음소리가 반주에 섞였고 전국노래자랑에서 이십 년 사회를 맡아온 팔순의 사회자 볼에는 선명하게 입술 자욱이 찍혔다.

"우리나라 사람들은 몸짓과 발짓이 거의 비슷해. 노래의 감정은 아주 잘 살리는데 외국 사람들에 비하면 몸짓이 다양하지는 못한 것 같지?"

큰언니는 재연이 기발하다는 듯 무척 재밌어하며 웃었다. 나는 유치한 노래와 재연이 거슬려 대답을 하지는 않았지만 그런 것 같기도 했다. 할머니 할아버지나 아줌마 아저씨까지 관광버스 춤이라고 불리는 동작에서 벗어나는 경우는 별로 보지 못했다. 노래하는 출연자도 흥에 겨워 일어나서 춤을 추는 관객도 발을 떼지 않고 엉덩이와 두 팔만을 부지런히 움직인다는 공통점이 있었다.

큰언니는 처음부터 끝까지 거의 틀리지 않고 유치한 노래 가사를 다 외워 흥얼거렸다. 이런 흥얼거림은 묘한 중독성이 있어서 노래를 부르는 가수보다 큰언니의 음성이 더 기억에 오래 남기도 했다. 그 곡을 부른 가수보다 더 잘 불렀을 리는 만무한데 말이다.

"그런 가사를 어떻게 다 외워?"

나는 직설적이고 유치한 가사에 대한 경멸과 호기심을 담아 물었다. 큰언니는 식구들 핸드폰 번호도 외우지 못했다.

핸드폰을 잃어버렸을 때 누구에게도 전화를 걸 수 없었을 정
도다.

"외우긴, 그냥 이해하는 거지."

밧줄로 꽁꽁 밧줄로 꽁꽁 단단히 묶어라 내 사랑이 떠날 수
없게

아줌마 출연자는 트로트 가수 특유의 마무리 손짓을 흉내
내며 고음을 꺾어 노래를 끝내고 있었다. 나지막한 큰언니의
흥얼거림이 신기하게 애잔했다. 큰언니에게도 밧줄로 묶고
싶은 사랑이 있었을까. 불현듯 우리 가족은 큰언니에 대해 참
모른다는 생각이 들었다.

퇴근 후에 정연이와 일요일 기분을 내며 신촌 거리를 쏘다
녔다. 저녁도 먹고 쇼핑을 하면서 대형 음반 가게에서 시디를
세 장 샀다. 정연이는 그런 거에 왜 거금을 쓰냐는 듯 곁에서
딴청을 했다. 엄마도 내가 집에 들어서면 얼굴을 쳐다보기 전
에 손에 들린 것이 없는지부터 살폈다. 그런 엄마의 눈길을
나름으로 무시하려고 했지만 언젠가부터 자랑스레 손에 들고
들어가던 포장된 시디를 집 앞에서 가방에 넣고 현관에 들어
섰다. 내가 벌어 내가 쓰는 것이니 누가 간섭할 수 있는 것은

아니라고 생각했지만 공장에서 버는 내 월급에 비해 많을 때
는 일주일에 두세 개 이상 사들이는 시디는 누가 봐도 과했
다. 엄마 말을 들은 작은언니는 내 잔업이나 야근 수당까지
들먹이며 한심하다고 야단을 치기도 했다. 틀린 말은 없었지
만 작은언니에게 있는 소리 없는 소리를 장시간 들으며 치인
나는 서러웠다.

엄격하리만큼 소비 습관이 검약한 큰언니에게도 나는 눈치
가 보였다. 그런데 작은언니에게 잔소리를 들어 주눅이 들어
있는 내게 큰언니는 좋아하는 것이 있다는 건 무척 중요하고
그것이 꼭 다른 사람들의 이해를 받아야 할 필요는 없다고 말
했다. 큰언니의 말은 내게 위로 정도가 아니라 충격이었다.
그 충격은 내 충동구매에 대한 부끄러움을 어느 정도 해소시
켜주었을 뿐 아니라 이제껏 내가 가져보지 못한 가슴속에서
의 어떤 기운 같은 것을 느끼게 했다.

밤 아홉 시가 넘자 내일 출근을 할 생각에 초조해졌다. 오
늘도 다른 사람의 영양분을 빨아먹는 기생충이 되었는데 월
요일에 지각을 하면 무슨 봉변을 당할지 몰랐다. 일을 마치고
회사 정문을 나서면 회사 일은 싹 잊어버리자고 다짐해도 김
주임의 잔소리는 내 몸 어딘가에 남아 있다가 자꾸만 귓가를
간질였다.

"공장이 바쁜가 보구나, 힘들었겠다."

"월말에 몰아서 꼭 난리를 쳐. 볶아대는 통에 욕을 많이 먹어서 배가 다 부르네."

큰언니는 꼭 '공장'이라고 표현을 해서 내 심기를 건드렸다.

"럭셔리 버전으로 회사라고 해주면 안 돼?"

농담 반 진담 반으로 한 말이었는데 큰언니는 얼굴에 웃음을 지으며 순순히 대답했다.

"알았어."

별거 아니라는 듯 대답은 하지만 큰언니는 공장이라는 표현을 바꾸지 않을 것이다. 내가 공장이라는 표현을 유쾌하게 받아들이지 않는 것을 모르지 않으면서도 큰언니는 그 표현을 바꾼 적이 없었다. 그게 큰언니의 말 습관 때문인지 특별한 의미 부여가 있기 때문인지는 알 수 없지만 나는 그저 들어넘기다가도 오늘처럼 그 말이 거슬려 뾰족하게 말을 채잡곤 했다. 다른 형제들이 그랬다면 나는 무척 서운해 하거나 어쩌면 나를 경시한다고 생각해 성질대로 따지고 들었을 것이다. 오늘은 고집스레 공장과 회사를 구분하는 큰언니가 영 탐탁지 않았다.

잠자리에 누워 정연이와 카톡으로 실없는 대화를 나누다가 결국 못 참고 전화를 걸어 귀가 뜨거울 때까지 수다를 떨었다. 그리고 나니 속이 출출해 우유나 마실까 하고 거실로 나갔다. 텔레비전에서 무슨 다큐멘터리가 나오고 있는 것 같았는데 과거 운동권 사람들의 인터뷰가 방영되고 있었다. 우리 시대의 진보 어쩌고 하는 제목이었다. 비정규직 문제와 해고된 학습지 교사들의 상황도 자료 화면과 함께 다뤄졌다.

"큰언니도 인터뷰 했어야 하는 거 아냐?"

학습지 방문교사들의 일이라면 누구보다 잘 알고 있을 큰언니였다.

"난 삼팔육이 아니야."

큰언니는 혼잣말처럼 짧게 말했다. 인터뷰를 보며 지나는 말로 가볍게 물었는데 담담한 듯했지만 큰언니의 분위기가 사뭇 진지했다.

"왜?"

직장 생활을 하며 서른이 넘어서야 겨우 대학을 졸업한 큰언니지만 학력 콤플렉스나 사회적 열등감이 있다고 느낀 적은 한 번도 없었다. 무언가 자랑스럽게 들리는 삼팔육이라는 테두리에 수배 생활을 하고 감옥까지 갔다 온 큰언니가 들어가지 않는다는 건 좀 이상했다. 그 나이의 운동권이면 다 삼팔육이라고 하는 거 아닌가. 구태여 학번을 따지기 때문인가 싶었지만 큰언니에게 묻지 않았다. 돈을 모아서 해외여행 왕복 항공편을 마련해주자고 결심했던 때보다 나는 묘하게 기분이 착잡했다.

삼팔육이 진보 진영에 미친 영향이 어쩌고 하는 내용의 인
터뷰를 들으며 나는 냉장고 앞에 서서 텔레비전을 보고 있는
큰언니에게 우유를 마시겠느냐고 물었다. 큰언니는 조금 전
그 자세 그대로 대답이 없었다. 나는 양손에 우유를 한 잔씩
들고 다가갔다. 큰언니가 다른 채널로 리모콘을 돌리다 케이
블 방송의 지역 노래자랑에서 멈췄다. 전국노래자랑의 아류
프로그램인 듯했다. 전국노래자랑에 비해 진행도 화면도 어
설펐다. 반사적으로 못마땅한 기분이 들었다. 내일은 절대 지
각을 하면 안 된다고 생각하며 얼른 잠자리에 들자고 마음먹
었다. 큰언니는 내가 싫어하는 것을 알아차린 것인지 잠든 엄
마 때문인지 볼륨을 거의 소리가 들리지 않을 정도로 줄였다.
'흥보가 기가 막혀, 이십오 세 구양산 식당 종업원' 자막의
주인공이 철에 맞지 않은 한복을 입고 한껏 신나게 무대를 오
가고 있었다. 소리가 들리지 않자 무대에 등장한 사람들의 얼
굴과 몸짓은 더욱 과장되어 보였다. 춤추는 화면도 큰언니도
너무 고요해서 왠지 쓸쓸했다. 나는 우유잔 하나를 식탁에 조
용히 내려놓고 방에 돌아와 문을 닫았다.

카니발이 필요한 이유

식탁의 핸드폰 진동음이 늙은 매미 울음소리를 내고 있었다. 싱크대에 손을 그대로 담근 채 몸을 돌려 움직이는 액정을 읽었다. 빛이 반사되어 액정에 뜬 글자를 알아보기 어려웠다. 몸을 제자리로 돌리고 수세미로 그릇을 문질렀다. 거슬리는 울림이 계속 식탁을 긁어댔다. 그 소리와 울림 어디에 매너가 있다는 것인지, 매너모드라는 이름이 무색했다. 등 뒤에서 웅웅거리는 핸드폰의 진동음을 들으며 거품 묻은 그릇 위로 세차게 물을 틀었다.

인자는 그다지 기분이 상하지 않은 말투였다. 뻔하다 싶을 만한 핑계로 몇 차례나 전화를 피했는데도 인자의 이해는 한결같았다. 오히려 내 쪽에서 머쓱해지며 뭔가 얘기를 해야 할 입장이 되어버렸다. 동창이라고는 하지만 잦은 전화가 새삼스러울 만큼 인자와는 친분 있는 사이가 아니었다.

"요전에 주영이 봤는데. 너 궁금해 하더라."

다른 친구들 이야기를 나눌 정도는 더더욱 아니었다. 가까운 친구 이름에 건성으로 뜻없는 대답을 했다. 오랜만에 통화라도 하게 된 것이 그나마 얼마 되지 않았는데 인자는 꾸준히 만나온 이웃을 대하듯 친근감을 표했다. 인자가 이렇게 변죽이 좋았던가 생각해봐도 특별한 기억이 없었다. 동창이라고는 하지만 세월이 얼마인가. 그때의 사람이 지금의 사람과 같을 수 없다는 걸 알면서도 자꾸만 예전의 모습을 떠올리려고 했다. 인자는 잊었던 친구들을 거론하며 서로 연락은 하고 지내는지 아무개의 아이가 어떻다든지 하는 내 쪽에선 그리 궁금하지 않은 얘기들을 전했다.

"오늘 계속 집에 있을 거지?"

안부에 이어 오늘도 내 사정을 물었다. 더 이상 핑계를 대기는 어려울 것 같았다. 인자는 오늘도 내 시간에 자기 시간을 맞추겠다고 말했다. 거절이란 이유와 상관 없이 사람을 미안하게 했다. 통화를 끝낸 후 내려놓은 식탁 위의 핸드폰을 다시 집었다. 매너모드를 벨소리로 바꿨다.

"뭐 마땅한 게 없어서."

엷은 회색 스커트 정장을 입은 인자는 현관에서 유명 백화점의 쇼핑백을 내밀었다. 전화로 한 약속 시간에 인자는 정확히 도착했다. 어릴 때도 통통했던 것 같은 인자는 살이 많이 쪄 있었다. 정돈된 차림과 화장이 꽤 안정된 직장인의 냄새를 풍겼다. 큰 체구에 어울리게 코디 된 목걸이와 귀걸이, 반지

들이 꾸준히 가꾸고 신경을 쓴 외향이었다. 까칠하고 마른 내
얼굴로 자꾸만 손이 갔다. 마땅한 것이 없었다는 인자의 말과
유명 백화점의 쇼핑백이 부담스러웠다.

소장이 떠드는 조회가 벌써 이십 분 넘게 이어지고 있었다.
소장은 호소하듯이 말을 하다가 갑자기 언성을 높이기도 하
면서 비슷한 이야기를 반복했다. 있는 고객을 잘 관리해서 해
약을 막아라. 전화도 하고 메일도 보내고 찾아도 가라. 이번
달 해약 건수를 얘기하면서 소장은 들고 있던 해약 서류 뭉치
를 흔들었다. 그리고 서류 뭉치를 책상에 내동댕이쳤다.

경기가 좋으면 여유 있어 들게 되고 경기가 어려우면 불안
해서 가입하는 것이 보험이다. 불경기는 오히려 기회다. 고객
의 불안을 해소한다는 사명감을 왜 갖지 못하느냐. 소장은 아
이엠에프 때보다 어렵다는 요즘 경기를 거론할 명분조차 원천
봉쇄했다. 사람들의 어깨가 더욱 움츠러들었다. 소장의 목에
굵은 힘줄이 세로로 선명하게 도드라졌다. 근엄하게 뱉던 말
을 순간 멈추고 소장은 서 있는 사람들을 쏘아보았다. 각자의
책상에서 영업소 중앙 앞자리의 소장 책상을 향해 사람들이
서 있었다. 소장의 짧은 말 멈춤에 사람들은 그와 눈을 마주치
지 않으려 고개를 바닥으로 꺾었다. 나는 고개를 돌리지 않고
눈만으로 책상에 놓인 시계를 쳐다봤다. 바늘의 차근차근한

걸음이 아까보다 오른쪽으로 지나와 있었다.

생면부지의 사람을 만나 개척을 해서라도 실적을 올려라. 소장의 말이 다시 이어졌다. 서부의 척박한 모랫바람과 총잡이의 비장함을 떠오르게 하는 개척이란 말은 보험 영업과 썩 잘 어울리는 단어였다. 빌딩의 경비에게 쫓겨나지 않으면 다행이고 어쩌다 각 층의 사무실에 들어간다 하더라도 잡상인 이상의 취급을 받기가 어려웠다. 다행히 몇 마디 말을 받아주는 고객을 만난다 하더라도 영업 대상이 대부분은 남자들이었다. 개척은 그들의 심심풀이 정도의 관심과 질문을 감사히 성의껏 대하면서 은근한 눈길을 감당할 비위를 필요로 했다.

익히 알고 있는 소장의 닦달이 다시 이어졌다. 소장이 말을 멈추고 쏘아볼 때 순간적으로 굳어졌던 사람들의 표정이 조금 풀렸다. 실적이 힘들다면 증원이라도 해라. 친척도 좋고 선후배도 좋고 옆집 아줌마도 상관없으니 증원을 해라. 소장의 말은 어느새 다시 호소에 가깝게 변해 있었다. 입사를 하게 되면 어찌되었든 자신의 지인을 중심으로 몇 달간은 실적을 올리기 마련이었다. 그런 이유로 영업소는 일 년 열두 달 신입사원을 모집했다. 채용하는 수준을 넘어 기존 사원들에게 온갖 수당과 시책품을 걸고 증원을 종용했다.

책상의 시계 앞에 마시다 만 자판기 커피가 보였다. 출근 전에 내가 붓질한 분홍 입술이 종이컵 바깥에 걸려 있었다.

"커피 하자."

인자가 창이 있는 복도로 나를 불렀다. 휴게실이 따로 없는 영업소에서 동료들과 얘기를 나누거나 남의 눈을 의식하지 않고 머리를 좀 식힐 때 사람들은 창밖이 보이는 이곳 자판기를 이용했다. 인자가 자판기의 납작하고 투명한 입에 천 원짜리 지폐를 밀어넣었다. 내 기호를 묻지도 않고 밀크커피 이백오십 원을 꾹 눌렀다. 그 밑으로 밀크커피 삼백 원이라는 글씨가 보였다. 두 가지 밀크커피의 맛의 차이가 있을까.

"이번 달에 정해준 실적을 하기 어려울 것 같으면 증원을 한 명 넣어."

신입 교육 연수를 받을 만한 사람을 증원하라는 말이었다. 방금 다듬은 화장기 어린 뽀얀 얼굴에 자주색 립스틱이 반짝였다. 인자가 빼준 커피를 한 모금 마셨다. 곧바로 관두더라도 수당도 지급되고 얼마간은 질책을 면할 수 있으니 아무나 일단은 증원을 하는 게 가장 좋기는 했다.

이제 인자는 전처럼 두세 건만 하면 한 달 수입이 얼마가 된다는 말을 내게 하지 않았다. 아직 복잡한 수당 체계를 다 알지는 못하지만 한 달에 어느 정도의 실적을 올려야 내가 바라는 월수입이 되는지 정도는 알고 있었다. 인자의 제의를 받고 곧바로 입사를 결정한 것은 아니었다. 교육을 받으면서 입사 여부를 결정해도 된다는 인자의 말에 자격증 하나 따는 셈치자고 가볍게 생각했다. 교육을 받는 동안에도 수당이 지급되고 시험이란 것도 어렵지 않다고 했으므로 부담도 적고 밑질 것이 없었다.

"생각나는 사람 없어? 급할 때 떠오르는 사람이 있으면 그 사람이 딱인데."

여느 때 내가 마시던 자판기의 밀크커피보다 많이 썼다. 나는 영업을 하기 위해 교육을 받았고 고객에게 도움을 줄 사명감을 지닌 컨설턴트가 되었다. 신입 교육 내용이 떠올랐다. 신입 증원이나 해서 수당 몇 푼을 타려고 교육 받고 시험을 치르고 어렵게 낯선 일을 하기로 한 건 아니었다. 인자가 떠들던 말들도 맴돌았다. 프리랜서와 비슷한 자유로움이나 전문직으로서의 자긍심 같은 것을 인자는 말했다. 인자의 말을 그대로 믿는 게 아니었다.

"생각나는 사람 없어? 맞벌이해야 하는 친구들 없니?"

인자의 다그침에 생각지도 않은 말이 나왔다.

"지원이라는 친구가 있긴 한데."

종이컵에서 웃고 있는 인자의 자주색 입술을 보며 괜한 말을 했다는 생각이 들었다.

"야, 너 뭐 해."

인자가 고개를 숙인 채 내 책상 옆구리를 발로 툭 쳤다. 들키지 않게 말하느라 인자의 목소리에서 쉿소리가 났다. 소장은 취직을 하려는 실업자가 몇만이라는데 어떻게 영업소 전체에서 증원 한 명이 없냐며 가리키는 대상이 불분명한 삿대질을 했다. 평소에는 점잖은 척했지만 오늘은 마무리까지도 이러다가는 지점 문 닫게 된다는 협박이었다. 팀장이 서류를 잔뜩 들고 올라섰다.

"이선주 씨."

내 이름이 불려졌다. 사무실 한쪽 벽 전면에 붙은 개인 실적 그래프로 사람들의 눈길이 향했다. 가로로는 각자의 이름이 씌어 있고 세로로는 개인의 실적이 파랗고 빨간 막대로 올려져 있었다. 파랗고 빨간 막대의 높이만큼 팀장의 질책과 언성의 높낮음이 달랐다. 실적이 전혀 없는 무적은 팀장의 주공격 목표가 되었다.

"교육 기간 동안 받은 수당 값은 해야지. 이렇게 해서 회사 말아먹지 않겠어?"

이선주 씨라는 존칭으로 시작한 팀장의 말은 반말이 되어 있었다. 이선주, 뭐 좀 달라져야 하는 거 아냐. 이렇게 해서 회사 말아먹지 않겠어. 존대의 호칭을 생략한 말과의 차이를 되짚어가며 생각해본다. 차이가 분명히 있을 것 같은데 딱히 떠오르지 않았다. 소장은 듣는 사람에게 주는 그 차이를 알고 쓰는 것일까. 옆쪽의 시계로 눈을 돌렸다. 오른쪽으로 또각또

각 정확하게 움직여주던 시계의 걸음이 멈춰 있었다.

"이선주 씨, 뭐 좀 달라져야 하는 거 아냐?"

다시 올라가는 팀장의 말꼬리에서 나는 길어질 그의 질책을 예감했다. 소장은 조금 떨어진 자기 자리에서 나를 잠시 보다가 서 있는 다른 사람들을 두루 살폈다. 나는 빨간 막대와 초록 막대가 올라가 있는 이 달의 실적표를 보고 싶었지만 차마 고개를 들 수 없었다. 동료들의 시선이 모두 내 쪽으로 꽂혀 있는 듯해 얼굴이 화끈거렸다. 소장은 한심하다는 표정을 숨기지 않았다. 소장 팀장 등의 관리직 연수에서는 아마 부하직원을 최대한 모욕하는 표정과 말투를 훈련하는 프로그램이 있을지도 모른다는 생각이 들었다.

리모콘으로 텔레비전을 끄듯 조용히 버튼을 누르고 싶었다. 그러면 누구의 목소리도 들리지 않을 것이다. 그리고 빨리감기 버튼을 누르는 것이다. 그들의 얼굴은 성을 내다 곧 애원을 할 것이고 한 손을 허리 벨트에 올리고 다른 한 손으로 손가락질을 하기도 할 것이다. 마임 배우처럼 소리 없는 몸짓만을 하고 있는 그들을 그려본다. 번갈아 짓는 표정들은 아주 슬프고 또 우스웠다.

조회를 마친 사람들은 각자 제 자리에 앉아 고객 관리 명단을 확인하기도 하고 실무를 보조하는 여직원에게 무언가 확인도 하면서 분주히 움직였다. 조장은 책상에 앉아 노트북을 열어놓은 채 아무런 말이 없었다. 조회가 끝나면 조장이 구체적인 업무 지침을 내리거나 영업 일정을 확인하는 게 순서였다. 팀장과 조장의 차이가 있다면 팀장은 빰치고 어르기를 한자리에서 하지만 조장은 그렇게 하지 않는다는 것이었다. 팀미팅에서 다소 지나치다 싶게 지적을 하더라도 조장은 시간이 조금 지난 후에 꼭 당사자를 불러 화해의 제스처를 취했다. 자신의 입장과 팀의 사정을 다시 설명하며 더 힘을 내라고 격려하는 것이었다.

조장은 이번 달 증원을 한 사람에게 지급되는 시책비와 봉사품목에 대한 공지를 했다. 우리 조의 실적은 최하위였다. 마지막 주 내내 이어지는 소장과 팀장의 공습을 묵묵히 받아내고 있는 조장은 지친 표정이었다. 조장은 금요일 회식을 계기로 다음 달에는 파이팅 하자며 자리에서 일어섰다. 미팅을 마무리하는 조장의 목소리는 낮았다. 일어서는 조장의 허리께에서 넥타이 꼬리가 흔들렸다.

인자는 내 몫까지 봉사품을 챙겨 안고 배를 내밀고 걸어왔다. 가슴에 안고 온 봉사품을 내 책상에 널어놓았다. 행주, 비닐랩, 일회용 비닐장갑, 설거지를 할 때 쓰는 수세미까지 주방에서 필요한 여러 가지들이 그득하게 펼쳐졌다. 메모지 꽂이 등 조악한 사무용품이 나올 때도 있지만 이번에는 주방용

품이 대부분이었다. 회사에서는 정기적으로 봉사품을 나누어
주었다. 주어지는 것보다 더 많이 필요한 사람은 품목을 정해
추가 신청을 하기도 하고 직접 구입을 하기도 했다. 인자는
그것들을 두세 개씩 나눠 챙겼다. 되도록 여러 명의 고객에게
인사를 할 수 있도록 아예 챙겨놓는 인자의 손이 빨랐다.

"선주야, 너 또 차곡차곡 쌓아놓네. 한두 개씩만이라도
돌려."

박스에 봉사품을 모아두는 나를 보고 인자가 답답하다는
듯 말을 던졌다. 공짜를 싫어하는 사람은 없었다. 빈손으로
가는 것보다는 봉사품을 내밀어야 만남이 부드러워졌다. 유
용한 소모품도 있지만 조잡하고 전하기 민망한 봉사품도 많
았다. 나는 그것을 처리하지 못하고 계속 여기저기 쌓아두기
만 했다.

금요일 갈비집은 만원이었다. 오래된 돼지갈비집 특유의
기름기와 냄새가 배어나왔다. 팀이 예약한 테이블은 잘 세팅
되어 있었다.

"오늘 목에 때 좀 벗겨보자고."

인자가 문지방을 오르며 호들갑스레 말했다. 비둔한 몸이
반사적으로 등을 기댈 수 있는 벽 쪽의 자리를 선점했다. 인
자가 재킷을 벗었다. 잠자리 날개같이 하늘거리는 검은 웃옷

에 통통한 팔뚝이 비쳤다. 나이트가 그 옆에 앉아 식탁 위의 물수건을 집어 손을 닦았다. 주기적으로 나이트를 다닌다고 해서 붙여진 별명이었다. 주름진 얼굴에 속눈썹까지 짙게 한 문신과 진한 화장이 천하게 느껴졌다. 플레어스커트로 꽉 조인 허리가 마른 몸을 두드러지게 하고 있었다. 동료들은 그를 날씬한 나이트아줌마라고 불렀다. 날씬하기보다는 빼빼 골은 사람처럼 뒤틀린 몸매였다. 나는 출입구에서 좀 떨어진 쪽을 선택해서 앉았다. 음식이 드나드는 입구의 소란도 싫었지만 음식이 오가는 만큼 사람들의 시선도 잦은 곳이었다. 되도록 사람들 눈에 덜 띄는 곳이 편했다.

밑반찬을 나르던 종업원이 갈비가 든 쟁반과 소주를 들고 들어왔다. 무릎이 드러난 미니스커트에 앙증맞은 앞치마가 형식적으로 둘러져 있었다. 소주병을 테이블에 놓고 그녀는 쟁반의 갈비를 익숙한 손놀림으로 불에 얹었다. 달궈진 불판에 고기가 놓여지며 지직 소리를 냈다. 소리와 함께 돼지갈비의 강한 조미 양념 냄새가 올라왔다. 길게 누운 힘없는 고기에 양념 몇 조각과 갈색의 물기가 흘렀다. 나이트가 불린 미역을 초장에 찍으며 다른 한 손으로 소주를 권했다.

"자자, 한 잔씩들 돌려."

인자가 잔을 받고 소주병을 받아 다시 나이트의 술잔에 따랐다. 나머지 사람들도 서로 번갈아가며 잔을 내밀고 소주를 따르고 받았다. 인자는 대각선으로 앉아 있는 내게 고갯짓으로 술 받기를 권했다. 나는 앞에 놓인 빈잔을 내밀어 인자가 따르는 술을 받고 희미하게 웃었다. 오늘 아침까지 이번 주 내내 이어진 관리자들의 닦달을 잊은 듯 사람들은 금세 화기애애해졌다.

"한 달 동안 수고들 했습니다. 지난 한 달은 다 잊고 모두 건배."

잔에 모두 술이 채워지자 팀장이 힘차게 외치며 잔을 앞으로 들어올렸다. 팀원들도 한목소리로 위하여를 외쳤다.

어떤 영화에선가 상습적으로 아내를 폭행하는 남편과 그 아내의 이야기를 본 기억이 있다. 아내를 때린 남편은 그 다음 날이면 정해진 수순처럼 아름다운 꽃과 값비싼 선물을 한다. 아무 일 없었다는 듯이. 남편의 구타가 시작되면 아내는 고통에 몸을 떤다. 고통이 더해져 참을 수 없을 때 아내는 이 순간만 지나면 이어질 달콤한 보상을 상기하려고 애쓴다. 조회에서 호통과 손가락질을 당할 때마다 이 사람들은 불판에서 익어가는 고기와 소주 냄새를 생각했을까.

뒤집어진 불판의 고기는 처음과는 다른 색으로 익어 있었고 먹음직스럽게 기름기가 돌았다. 양손에 커다란 집게와 가위를 든 종업원은 무표정한 얼굴로 고기를 잘랐다. 무릎을 바닥에 대고 가위질을 하는 그녀의 정갈해 보이던 유니폼 여러

곳에 누런 얼룩이 있었다. 가위는 쉬지 않고 벌어졌다 오므라
졌다를 반복했다. 종업원의 팔은 무겁고 고단해 보였다. 가위
를 내려놓고 자른 고기를 불판 위에서 뒤적이자 인자가 움직
이는 집게 사이로 고기 한 점을 날름 집어 입에 넣고 오물거
렸다. 테이블에 놓인 커다란 가위에 익지 않은 고기 조각들이
묻어 있었다.

"너 요즘 살 빠진 거 같다?"

술기운이 불콰해지자 사람들 목소리도 커졌다. 나이트가
인자의 허리를 싸안으며 눈웃음을 머금은 채 말했다. 웃음으
로 자글거리는 주름에 진한 속눈썹 문신이 더 드러나 보였다.
하고 있는 일이나 고객에 대한 이야기는 없었다. 그건 그저
각각의 영역일 뿐이었다. 어떤 공감대도 없는 영업 활동을 이
런 자리에서까지 얘기 나눌 이유는 없었다.

"애아빠한테 그 소리 좀 해주라 언니."

인자는 자신의 두꺼운 허리를 감싼 나이트의 팔을 투닥거
렸다. 가락지에 눌린 손가락 살이 삐져나와 있었다. 인자 입
속의 쌈이 말할 때마다 훤히 드러났다.

"왜, 나도 아는 걸 네 남편은 모른다니?"

눈을 살짝 흘기는 나이트의 말에 비음이 섞였다. 이제부터
이어질 음담을 기대하며 사람들은 단체 웃음으로 호응했다.

"그 인간 원래 무뎌. 좀 더 빼면 알려나. 나 요즘 알로에도

먹고 다시마 가루도 먹잖아."

쌈을 급하게 넘기며 말하느라 인자의 굵은 목이 짧게 숙여
졌다 제자리를 찾았다.

"그렇게 품앗이 하다가 인자 너 거덜나는 거 아녀?"

성호 엄마가 입바른소리를 했다. 보험 일을 하다 보면 비슷
한 영업직에 있는 사람들과 만나게 되었다. 비슷한 처지라야
지인의 지인이거나 친인척이었다. 영업하는 물건이란 것들이
동네 아줌마들에게나 먹힐 법한 다이어트 보조식품이거나 이
름이 알려지지 않은 기능성 화장품 등이었다. 내 것을 팔자면
그들의 것도 사야 하는 서로간의 묵계 같은 것이 있었다.

"글고 살 너무 빠져서 좋을 거 없어. 뭐니뭐니 해도 여잔 탄
력이여. 나이트처럼 비쩍 마르면 누가 좋아하남?"

성호 엄마는 인자에게 한 입찬소리가 행여 회식 분위기를
망칠까 얼른 말을 나이트에게 돌렸다. 손에 든 갈비대를 뜯으
며 성호 엄마는 힐끗 나이트를 처다봤다. 키가 훤칠한 성호
엄마는 차림이 세련된 것에 비해 말에 충청도 억양과 사투리
가 남아 있었다. 보험회사는 어떤 입사 조건도 필요 없는 만
큼 불특정 다수가 모여들었다. 서울의 명문대를 졸업하고 구
직난에 허덕이다 들어온 이십대부터 아줌마라고 하긴 어려운
손자를 볼 나이의 장년까지 각양각색의 사람들이 모여 있었
다. 그 중 가장 많은 부류가 인자나 성호 엄마, 나이트 같은

삼사십대들이었다.

"이거 왜 이래. 나 아직 탱탱해."

나이트가 자신의 젖가슴 밑으로 두 손을 넣어 양 젖을 치올렸다. 늘어진 젖이 위로 쑥 올라왔다. 나이트의 능청스런 행동에 사람들이 손뼉을 치며 환호성을 질렀다.

"그렇게 올려서 탱탱하지 않은 젖이 어딨어? 나도 그건 하겠네."

인자가 굵은 손가락으로 만두 꼭지를 쥐듯이 가슴 중앙을 잡으며 자신의 젖을 올려 보였다. 굵은 금목걸이가 걸린 목의 주름쯤에 불룩한 유방이 닿았다. 사람들은 고개를 뒤로 젖히고 손뼉을 치며 자지러질 듯 웃었다. 뭉실한 두 개의 유방 위로 립스틱이 번진 인자의 입술이 보였다. 입가에는 갈비 기름이 묻어 있었다.

"넌 크기만 하잖어. 처진 젖통을 누가 쳐주니?"

나이트가 여전히 자신의 가슴에 양 손을 받친 채 인자의 가슴으로 눈을 주며 퉁박을 놓았다.

"아니, 언니가 내 젖 봤어? 이건 처진 게 아니고 커서 그런 거야. 언니처럼 삐쩍 마른 젖보다야 좀 처져도 내 게 낫지."

인자는 의기양양하게 자신의 한쪽 유방을 한 손으로 받치고 한 손으로 강아지를 쓰다듬듯 했다.

"에이, 염병. 봐라 봐."

순식간이었다. 나이트가 블라우스를 위쪽으로 확 올렸다. 겉옷과 함께 들어올려지는 브래지어의 탄력으로 덜렁 유방이 드러났다. 거칠고 주름진 마른 뱃살 위에 진갈색의 유두가 선 두 개의 유방이 솟았다. 숨넘어가는 웃음소리와 테이블을 두드리는 소리, 박수 소리가 넘쳤다. 나이트는 올린 웃옷을 가슴 위쪽에서 두 손으로 잡고 상체를 좌우로 흔들며 눈웃음을 지었다. 유방이 좌우로 무겁게 흔들렸다.

인자 옆에 앉은 팀장과 얼핏 눈이 마주쳤다. 나는 순간적으로 얼른 다른 곳으로 눈길을 돌렸다. 팀장은 회식을 하는 동안은 보통 때보다 말을 줄이고 분위기를 해치지 않을 만큼의 선을 유지했다. 자신이 뒤로 물러나는 것을 표내지 않으면서 팀원들이 충분히 즐길 수 있게 무대에서 비켜주는 것이었다. 눈을 둘 곳이 마땅치 않은 나는 테이블로 눈을 내렸다. 먹다 남긴 샐러드의 플라스틱 접시가 그을려 있었다. 접시에 마요네즈 기름기가 번들거렸다. 사람들의 웃음소리 위로 종업원을 부르는 팀장의 목소리가 타고 올랐다.

갈비집에서 나오자마자 이차를 어디로 갈지 정하느라 다시 왁자지껄해졌다. 갈비집 앞 골목에서 일행은 노래방으로 가자, 이차는 나이트로 해야 한다며 떠들어댔다. 인자와 성호 엄마의 목소리가 싸한 바람 사이를 가르고 있었다. 밤 기온이

쌀쌀했다. 나는 양팔로 몸을 감싸며 어깨를 움츠렸다. 어둡다는 것, 공기가 선선하다는 것 때문일까. 갈비집의 고기 냄새와 덜렁거리던 나이트의 탄력 잃은 유방이 먼 과거의 일처럼 다른 공간과 시간에 와 있는 것 같은 착각이 들었다.

"확 풀고 신나게 놀자. 너 오늘도 이차 빠질 건 아니지?"

인자가 움츠린 내 겨드랑이와 팔 사이를 비집고 팔짱을 꼈다. 어느새 화장을 고치고 왔는지 인자의 기름기 흐르던 얼굴과 입술은 말끔하게 정돈되어 있었다. 진자주색 립스틱이 어두운 거리와 어울렸다.

나이트클럽에 들어서자 스테이지에서 엉켜 춤추고 있는 남녀들이 보였다. 웨이터가 우리 일행을 반갑게 맞으며 빨간 표시등이 켜진 테이블로 안내했다. 누님, 누님 하며 사근거리는 태도가 매일 만나기라도 한 사람을 대하는 것 같았다. 이른바 무도회장이라고 하는 카바레와 성인 나이트의 차이는 간단했다. 시설이나 규모의 크고 작음으로 따지는 구분은 아니었다. 흔히 말하는 블루스만 추는 곳이면 카바레고, 혼자 추는 막춤과 블루스가 섞여 흐르면 성인 나이트라고 불렀다.

웨이터가 기본 안주가 올려진 쟁반을 어깨 위로 하고 테이블에 맥주를 놓았다. 팀장은 어느새 빠지고 없었다. 웨이터가 나이트와 눈을 맞추고 미소를 지었다. 웨이터는 맥주 병마개를 따주고 허리를 구십 도로 숙여 인사했다. 그러곤 자신의 웨이터명을 큰 소리로 상기시키며 허리를 일으켰다.

웨이터가 가고 얼마 되지 않아 한 남자가 우리 테이블 앞에 섰다. 웨이터와 눈짓을 나눈 나이트가 그 남자의 손을 잡고 자연스레 스테이지로 나갔다. 일행이 축하한다는 듯 박수로 환호했다. 나는 이런 곳에 다니는 것이 취미이자 낙이라는 나이트를 이해하기 어려웠다. 그런 내게 인자는 자신도 그런 고정관념이 있었는데 춤이라는 게 사람들의 선입견과는 달리 의외로 스트레스를 확 풀어주는 매력이 있더라고 했다. 최대한 여자를 예우하는 것이 사교춤이란다. 어디서도 배려를 받지 못하고 살아온 여자들이 그래서 더 사교춤에 빠지는 것인지도 몰랐다. 나로서는 처음 만나는 낯선 남녀가 몸을 대고 춤을 춘다는 것이 그리 좋게 생각되질 않았다.

"쟤 예쁘네."

성호 엄마가 옆 테이블을 돌아나가는 웨이터를 보며 말했다. 그녀는 송곳니 아래에 육포 하나를 넣고 손으로 당기고 있었다.

"왜 맘에 들면 어쩌려구? 부킹이라도 해보게?"

춤을 한 곡 추고 돌아와 앉은 나이트가 방금 춤추던 사내의 테이블을 힐끔거렸다. 인자가 어땠냐고 물으며 나이트의 맥주잔에 자신의 잔을 부딪쳤다. 어두운 조명 아래서 보는 나이트의 차림이나 화장은 갈비집에서 천기를 풍기던 것과는 달리 꽤 세련돼 보였다. 검은 블라우스에 달린 작은 스팽글이 조명을 받아 반짝였다.

"시시하게 부킹은……. 그런 건 너나 하고 난 쟤가 맘에 드네."

성호 엄마는 사무실에서와는 다르게 다분히 중성적인 태도를 취하고 있었다. 바지 정장의 훤칠한 키와 말투가 평소에도 시원스럽지만 지금은 그 느낌이 한결 더했다.

"언니, 내 불러줄게."

인자가 불쑥 나섰다. 조금 전에 다듬은 화장이 조명을 받아 더욱 진해 보였다. 인자가 테이블에 놓인 빨간 등을 들고 흔들었다. 팀원들이 그 다음이 어떻게 진행될까 하는 기대와 장난기로 고개를 젖히며 웃었다. 웨이터가 재빠르게 달려왔다. 누님이라는 살가운 호칭과 자신의 이름을 힘주어 말하며 허리를 굽혔다. 팀원들의 시선이 일제히 성호 엄마에게로 향했다.

"여기 과일 안주 하나하고 맥주 다섯 병 더."

성호 엄마는 묻지도 않고 여유롭게 주문을 했다. 웨이터가 계산서에 체크를 하고 돌아가자 팀원들은 시시하고 맥이 풀려 피식거렸다.

"좀 있다 좋은 구경 시켜줄 테니까 두 번 뺴달라고 조르지나 말어."

웨이터가 과일 안주를 들고 우리가 앉은 테이블로 왔다. 몇 가지 안 되는 과일이 쟁반만 한 은색 접시에 올려져 있었다. 장식이 반이지만 번쩍이는 조명 아래 놓인 과일은 화려하고 먹음직스러웠다. 웨이터가 안주 접시를 내려놓으려는 순간, 성호 엄마가 웨이터의 앞섶을 꽉 쥐었다. 나이트와 인자가 호들갑스럽게 웃음을 터뜨렸다. 다른 팀원들도 의자 등받이 쿠션에 몸을 젖히며 웃어댔다. 다들 처음 보는 광경이 아닌 듯했다. 나는 빠르게 웨이터의 얼굴을 살폈다.

"내가 남자 보는 눈은 죽이지. 봐봐 실하구 탄탄하구먼."

성호 엄마의 말에 인자가 우스워 못 견디겠다는 듯이 배를 잡고 옆자리로 쓰러졌다. 성호 엄마는 언제 꺼냈는지 만 원짜리 한 장을 살랑살랑 한 손으로 흔들었다. 다른 한 손은 여전히 웨이터의 앞섶을 만지고 있었다. 얼굴 위쪽으로 손을 들어 흔들던 만 원짜리를 웨이터의 조끼 사이에 쑥 꽂아주었다. 성호 엄마의 손에서 앞섶이 풀린 웨이터는 당황한 기색 없이 웃으며 이번에도 구십 도 감사의 인사를 하고 물러갔다. 성호 엄마는 자신의 선택과 처리 과정의 훌륭함을 자랑하며 한껏 우쭐거렸다. 나는 앞에 놓인 맥주를 목으로 넘겼다. 웨이터에게 충분한 보상을 한 성호 엄마의 목소리가 높아지고 있었다.

나는 옆에 있던 나이트에게만 삼차를 빠지겠다고 얘기하고 다른 사람들에게는 내색하지 않았다. 인자에게 따로 말을 할까 망설였지만 이렇다 저렇다 꼬리를 물고 많아지는 말들도

214

싫고 무난함을 가장한 변명도 싫었다. 삼차는 아마 술도 깨고 입가심도 할 겸 노래방에 가게 될 터였다. 인자는 혼자서도 가끔 노래방에 간다고 했다. 목청껏 소리를 지르고 나면 스트레스도 해소되고 몸도 마음도 한결 홀가분해진다고 했다. 끝까지 놀자고 우기던 인자는 말과는 달리 나를 붙잡지 않았다. 나도 인자의 말을 그대로 받아들이지는 않았다. 일행과 헤어져 걷는 내 뒤로 인자와 나이트의 웃음소리가 들렸다.

지하철역 계단 바로 옆에 사람들이 서 있었다. 마을버스 정류장이 맞는지 알아보기가 쉽지 않았다. 줄 맨 앞에 조악하게 만들어진 길쭉한 번호판이 세워져 있었다. 앞으로 가서 번호를 확인했다. 마을버스 노선이 네 개인데 사람들은 한 줄로 서 있었다. 줄 끝에 선 나는 앞사람에게 이 줄이 내가 원하는 목적지로 가는 것이 맞는지 물어볼까 망설였다. 바로 옆에 택시 정류장이 있었다. 택시를 탈까 싶었지만 처음 가는 길이라서 요금을 예상하기 어려웠다.

지원에게 전화를 걸었다. 지원의 휴대폰에는 그 흔한 컬러링도 없었다. 울리던 신호가 음성사서함으로 넘어갔다. 잘못 눌렀을 리 없는데도 귀에서 핸드폰을 떼고 액정을 확인했다. 집으로 전화를 할까 하다가 그만뒀다.

하늘은 더없이 맑고 지하철역에서부터 죽 늘어서 있는 은행나무들은 노랗게 물들어 있었다. 심은 지 얼마 되지 않은 은행나무들은 가냘프지만 잎의 노란색이 선명했다. 마을버스 정류장 뒤쪽으로 관악산 자락이 보였다. 그 산 초입의 우뚝 선 아파트 단지 어디쯤이 지원이 사는 곳이리라 짐작되었다.

멀찍이서 보기에는 괜찮은 입지 조건이었다. 마을버스를 타야 하는 번거로움이 있지만 나쁠 것은 없을 것 같았다. 마을버스를 타는 흠은 아이가 없는 지원에겐 크게 중요한 문제가 아닐 수도 있었다. 역세권에 비해 집값이 쌀 것이므로 어쩌면 생각보다 여유롭게 생활할지도 모르는 일이었다. 요즘부는 웰빙 바람을 타고 산이 가까운 지원의 집값이 꽤 올랐을 가능성도 컸다. 오히려 역 주변이나 상가가 조밀한 곳에서 좀 떨어져 있는 것이 한적하기도 하여 더 나은 조건이 될 수 있었다.

지원이 사는 아파트 입구에서 마을버스를 내렸다. 정류장에서 지원의 아파트 동을 쉽게 찾을 수 있었다. 나는 동을 확인하고 아파트 주변을 서성거렸다. 지원네 집 동 뒤쪽으로 산이 있고 옆으로는 낙성대로 향하는 길이 나 있었다. 그늘이 드리워진 곳으로 걸음을 옮기자 선선한 기운도 느껴지고 제법 숲의 냄새가 났다. 조그맣게 조성되어 있는 오솔길에는 군데군데 벤치도 놓여 있었다. 나는 벤치에 앉아서 지원에게 다시 전화를 걸었다.

엘리베이터 벽면에 붙은 거울로 화장을 다시 한 번 눈여겨 보았다. 벤치에 앉아 새로 칠한 립스틱이 선명했다. 엘리베이터에서 내려 복도를 걸었다. 현관문 앞에 신문과 우유팩이 꼼꼼하게 묶여 있었다. 다시 한 번 옷매무새를 챙기고 초인종을 눌렀다.

"어서 와."

들릴 듯 말 듯한 소리 뒤로 지원이 현관문을 열고 웃었다. 흔쾌하지 않았던 지원의 전화 목소리를 생각하던 나는 그녀의 웃음에 조금은 마음이 놓였다. 밖에서 볼 때보다 집은 좁고 어두웠다. 지원이 거실 바닥에 방석을 밀어주었다. 베란다에서 여러 개의 조그만 화분이 나란히 햇볕을 받고 있었다.

"내가 큰 걸 들어주긴 어려운데……."

지원은 내가 찾아온 이유에 대해 자기가 먼저 말을 꺼내는 순진함을 보였다. 여고 때부터 말수가 적었던 친구이긴 했다. 대놓고 거절을 할 만큼 매정한 친구가 못 된다는 생각은 나도 이미 하고 있었다. 말을 흐리며 지원은 찻상에 놓인 귤을 까서 접시에 놓으며 내게 권했다.

"아니야, 꼭 보험 때문에 온 건 정말 아니야."

지원은 의아한 듯하면서도 안도하는 눈빛이었다. 그녀가

미심쩍은 눈으로 나를 보며 보일 듯 말 듯하게 미소를 지었다.

"별거 아닌데 그냥 주방에 두고 써."

나는 봉사품이 가득 담긴 유명 백화점 쇼핑백을 지원에게
내밀었다.

아름다운 커피

오랜만에 제대로 갖춰 화장을 했다. 하지만 파우더도 겉돌고 즐겨 바르던 립스틱 색조도 도드라져 영 어울리지 않는 것 같았다. 여느 때보다 늦게 눈을 떴다. 면접은 점심시간 직후였다. 아직 여유가 있었다. 입술 색이 거북해 연한 색의 립스틱을 덧발랐다. 조금 자연스러워져 보기 편했다. 여성단체에 취직 면접을 보러 가면서 화장에 신경을 써야 하는 것이 달라졌다면 달라진 세상을 말해주는 것인지도 모르겠다고 나는 생각했다.

"격식 따지지 말고 편하게 입고 와, 괜찮아."

면접을 주선한 명희는 그렇게 말했지만 명희 말대로 편하게 입기에는 명색이 취직 면접이니 곤란할 것 같았고 격식을 차려 정장을 하자니 일반적인 직장은 아니라서 옷차림을 정하기 쉽지 않았다. 이십대에 어렵지 않게 보았던 여성운동에 관심이 있거나 여성단체에서 일하는 사람들은 한눈에 알아볼 만큼 까칠하고 창백한 맨 얼굴을 하고 있었다. 청바지에 티셔츠와 난방으로 대표되는 차림이나 생머리 일색의 머리모양은 중고등학생의 교복 이상으로 그들의 신분을 나타내기에 충분했다. 안경까지 쓰고 있는 경우라면 말 한마디 섞지 않고도 페미니스트이거나 운동권임을 가려낼 수 있을 정도였다.

인위적인 꾸밈을 전혀 하지 않았다고 해서 그네들이 일반 직장 여성들보다 남루한 것은 아니었다. 스킨로션 등 기초 화장품조차 바르지 않는 듯했지만 그들은 당시로는 구두보다 훨씬 고가인 랜드로바를 신는다는 공통점이 있었다. 굽이 거의 없고 신을수록 길이 들어 가죽의 멋을 더하는 단화를 대표하는 상표 이름이 랜드로바였다. 전문 매장이 있었으므로 시장이나 구두점에서 흔히 접할 수 있는 신발은 아니었다.

그 또래들은 화장과 파마를 하고 제멋에 따라 굽 높이를 선택한 구두를 신었다. 화장 구두 파마 세 가지 모두를 갖추는 경우도 있었고 그 중 하나나 둘만을 갖추기도 했다. 그러나 그 세 가지를 모두 하지 않는 직장 여성은 드물었다. 세 가지를 당연하게 하지 않는 운동권 여대생이나 인텔리를 구분하는 것은 그런 점에서 아주 수월했다. 막연히 그런 생각을 하면서 그린 눈썹의 끝을 솔로 다듬고 마지막으로 입술 주변과 얼굴 전체를 파우더 팩터로 두드렸다.

면접 옷차림으로 정한 청바지와 세미 정장 재킷을 꺼내 걸어놓고 커피를 마시면서 신문을 들췄다. 이런 여유 있는 시간이 참으로 오랜만이었다. 세상 사람들이 하는 말은 그저 들어 넘길 때는 우습지만 경험을 하게 되면 놀랍다 싶을 만큼 적절할 때가 많았다. 사소하고 반복되는 일상이 지겹다고 투덜댔지만 나는 지금 그것을 잃고 그 소중함이 얼마나 큰지 절감하고 있는 중이었다. 신문의 일면 헤드라인만을 보고 가장 뒤쪽의 사회면을 펼쳤다. 나는 신문을 일면부터 차례로 보는 것이 아니라 앞면만 보고 뒤에서부터 거꾸로 읽었다. 관심이 있는 사회 정치면이나 이슈가 될 만한 사건, 칼럼, 문화면 등을 먼저 보고 이면을 제일 늦게 보는 습관이 있었다. '금융노련 농성자 전원 연행'이라는 기사 제목 아래 농성자들이 연행되는 사진이 실려 있었다. 신문을 소리 나게 접어 던져놓고 가방을 들고 일어서는데 미처 다 마시지 못한 커피잔이 쓰러졌다.

은행 창구의 여직원은 말없이 자신의 머리보다 조금 높은 곳에 놓여 있는 고객용 접시를 끌어내렸다. 접시에는 통장과 백 원짜리 동전 하나가 놓여 있었다. 여직원은 바로 앞에 있는 나와 눈도 마주하지 않고 손만 바삐 움직였다. 고객에게 부자연스러울 정도로 극진한 친절과 상냥함을 보이는 평소의 표정은 어디에도 없었다. 시끄러운 일에 관여하고 싶지 않다는 완강함을 무표정으로 드러내고 있었다. 대기 순서를 정한 번호표가 있으므로 창구에 줄을 서 있을 필요가 없는데도 창구 앞은 줄을 선 사람들의 웅성거림으로 소란스러웠다. 고객용 대기 의자에도 빈틈을 찾기 어려울 만큼 사람들이 빼곡히 앉아 있었다. 잘 정돈되어 깨끗하고 시원한 은행 안은 감색 조끼를 입은 많은 사람들이 내뱉는 이런저런 소음들로 어수선했다. 크기에 비해 주머니를 최대한 많이 만든 등산용 감색 조끼 등에 흰색으로 고용 안정이라는 글귀가 씌어 있었다. 창구에 몸을 의지했던 팔을 내려 조끼 주머니에 손을 넣었다. 동전들이 손에 잡혔다. 가지고 있던 동전을 한 번에 한 개씩 입금하고 다시 백 원씩 출금할 터였다. 동전 열 개를 열 번에 나누어서 입금하고 다시 열 번에 나누어 출금하는 일정이었다. 주머니 속 동전을 오늘 안으로 다시 출금해 만지기는 어려울 것이라고 생각했다.

여행원이 눈을 내리깐 채 창구에 올려놓는 접시의 통장을 집어 줄을 빠져나왔다. 둘러봐도 앉을 만한 자리가 없었다. 뒤쪽으로 나와 벽에 몸을 기대는데 나도 모르게 짧은 한숨이 나왔다. 눈을 둘 곳이 마땅치 않아 통장을 펼쳐 바라보고 있는데 명희가 내 어깨에 손을 얹었다.

내가 다니던 은행은 결국 외국 은행과의 합병을 공지했다. 은행의 덩치를 키워 경쟁력도 갖추고 효율적으로 인원 감축도 하기 위해서였다. 합병 상대 은행에 고용 보장 요구를 하고 있었지만 감원이 합병의 목적이기에 그 요구는 당연히 묵

살됐다. 동전 입출금 하기는 상대 은행의 창구 업무를 마비시
켜 압력을 행사하고 해당 은행의 고객에게도 우리의 입장을
호소하겠다는 의도로 행하는 노조의 농성 프로그램이었다.
합병이 확정되면서 관리직까지 포함된 비상대책위원회가 꾸
려졌다.

　여상을 졸업하고 일을 하면서 전문대학을 마친 나는 곧바
로 은행에 입사했다. 은행은 평생 직장의 상징 같은 곳이었
다. 여덟 시에 출근해서 다섯 시 정각에 퇴근을 할 수 있다는
장점 하나만을 보고 방학에는 부품 공장에 다니면서 전문대
를 졸업했다. 두 배로 살아내야 하는 시간이 힘이 들 때면 순
조로운 미래를 생각하며 스스로를 위안했다. 식구들 외의 누
구에게도 이제껏 공장을 다녔다는 말을 한 적은 없었다. 절대
부끄러운 일은 아니었지만 결코 자랑할 만한 경력이 되지 않
는다는 것도 엄연한 현실이었다. 입 밖으로 말하지 않았을 뿐
누구를 속이거나 거짓말을 하지는 않았다고 그 시간에 대해
합리화했다. 열심히 공부하고 대학을 다닌 것으로 설명이 충
분한 시간이었다. 은행 입사는 수고로움과 고생스러움이 한
순간에 몽땅 날아갈 만큼 기쁘고 보람 있는 일이었다. 그런
내게 대량해고는 큰 충격이었다. 연일 텔레비전과 신문을 장
식할 만큼 사회적인 파장도 컸다.

　농성을 시작하자 노동조합 상급 조직뿐만 아니라 사회 각

계 단체들의 지원과 방문이 이어졌다. 명희는 그렇게 파견되어 우리의 농성을 돕는 여성단체의 일원이었다. 나이가 비슷한 명희와 나는 하루 종일 농성 일정을 함께 소화하거나 때로 밤샘을 하면서 얼마 지나지 않아 친근해졌다. 그렇게 되기까지 무던하고 성실하게 온갖 허드렛일을 도맡아 하는 명희의 헌신적인 태도가 주요하게 작용했다.

"유경아, 이따 우리 커피 한잔할래?"

"그래."

나는 만나자는 명희의 제의를 피하고 싶었다. 은행 합병과 대량해고가 사회적으로 화제가 되고 있기는 했지만 시간이 지날수록 함께 움직이며 농성에 동참하는 사람들이 계속 줄어들고 있었다. 이탈 예정자로 체크를 당하는 건가 싶어 명희의 제의는 찜찜했다. 눈을 들지 않고 고개 숙인 채 다시 번호표를 뽑아 쥐고 뒤쪽 벽에 몸을 기대고 섰다. 대기자 수는 오늘 농성에 참여한 수만큼이었다. 한참은 시간이 있었다. 명희 말대로 커피 한잔을 충분히 하고도 남을 시간이기도 했고 설령 조금 늦어 대기 번호를 놓친다 하더라도 백 원을 넣고 빼는 것 자체가 목적이 아니므로 크게 상관은 없었다. 명희에게 농성이 끝나는 저녁이 아닌 지금 잠깐 짬을 내서 얘기하자고 할까 싶어 둘러보았지만 우리를 지원 나온 명희는 해고 당사자인 나보다 무척 바빠 보였다.

은행 현관문을 밀고 들어서던 여자가 은행 안의 시끄러운 분위기에 어리둥절한 표정을 지었다. 얇은 하얀 민소매 원피스에 적당히 긴 머리가 더운 날씨임에도 산뜻했다. 난감한 표정의 여자는 은행에서 일을 보아야 할지 결정을 못 하고 잠깐 멈칫하다 곧 쫓기듯 돌아나갔다.

지난 주말에 만난 동기 선미도 저런 뽀얀 모습이었다. 선미는 새로 취직한 대형 할인 매장에 나도 취직할 것을 권했다. 깔끔하게 화장기가 도는 선미의 얼굴과 기초화장조차 하지 않은 그을린 내 거친 얼굴이 대조적이었다. 농성을 시작한 처음 얼마간은 출근을 할 때와 똑같은 차림과 화장을 했다. 한여름 땡볕에서 몇 시간을 구호와 노래로 보내다 보면 화장을 한 얼굴을 간수하기란 여간 고역이 아니었다. 점차 간편한 매무새를 갖추게 되었고 그 편안함이 싫지만은 않았다. 그런데 언젠가부터 사소했던 일상의 구속과 불편함마저도 조금씩 그리워지기 시작했다. 선미가 얘기한 면접 마감 시일이 이틀밖에 남아 있지 않았다. 내일부터는 농성장에 나오지 않으리라 저녁마다 결심을 했다. 그러면서도 나는 투쟁 일정에 참여하고 있었다. 그냥 아무 말 없이 빠지면 그만이라고 생각을 하다가도 명희에게 귀띔이라도 해야 한다고 마음이 바뀌고는 했다. 도저히 나오지 않겠다는 말을 할 용기가 나질 않았다.

어깨에 손을 얹던 명희의 선선하고 따뜻한 태도가 부담스러
웠다.

"우리도 엄연한 고객인데 빈 창구를 두고 왜 줄을 서서 기
다리라는 겁니까?"

큰 고함 소리와 드센 야유가 뒤엉키며 은행 안의 줄은 삽시
간에 흐트러졌다. 대기 의자에 앉았던 사람들 모두 일어나 밀
고 당기느라 아수라장이었다. 소액 입출금으로 은행 업무가
마비되자 은행 쪽은 창구 한 곳만을 배당했다. 창구마다 막아
서 있는 우리를 정해진 창구로 옮기려 하는 은행 쪽 사람들과
줄을 지키려는 우리 사이의 실랑이가 거칠어지고 있었다. 밀
고 밀리며 움직이는 웅성거림과 긴박함에 창구 쪽으로 걸음
을 옮기려 해도 사람들이 뒤엉켜 쉽질 않았다. 어느새 불어난
청원경찰들이 달려와 정해진 창구로 우리를 밀어내기 시작했
다. 다른 지점의 청원경찰과 해당 은행의 남자 관리 직원들이
합심하여 몸싸움을 하면서 줄을 흐트러트렸다.

"당신들도 언제 우리 꼴 날지 모르는 판에 이러지들 맙
시다."

"댁들이라면 가만히 있겠습니까?"

줄에서 밀리면서 감색 조끼를 입은 정 대리가 넥타이를 맨
해당 은행의 직원들에게 야속한 마음을 표했지만 다른 고함
소리에 묻혀 잘 들리지 않았다.

228

"어디다 대고 욕지거리를 하고 그래?"

"당신이 먼저 쳤잖아."

"치기는 누가 쳤다고 그래? 그렇게 악랄하게 굴어서 여기까지 남아 있었냐? 젊은 놈이……."

"아니, 이것 보세요. 말이면 다 해도 되는 겁니까?"

오늘 농성에 참여한 사람 중 가장 나이가 많은 편인 김 과장과 은행 측의 젊은 직원이 몸싸움 끝에 시비가 붙었다. 양쪽 동료들이 몰려들면서 싸움이 커질 기세였으나 몇몇이 말리면서 상황을 수습했다. 비대위에서는 개개인 사원이나 같은 처지의 사람들과는 절대로 부딪치지 않도록 한다는 원칙을 가지고 있었다.

결국 우리는 창구에서 밀려났다. 은행 로비 전체를 막고 연좌농성을 하면서 창구를 터줄 것을 요구했다. 은행에서 함께 근무할 때 김 과장은 말수 적고 점잖은 사람이었다. 그의 가슴에는 '고용 안정 쟁취'라는 붉은 리본이 달려 있었다. 그런 김 과장의 모습은 낯설었다. 중고등학교 시절 불조심 강조 기간 말고는 저런 리본을 달았을 리 만무한 사람이었다. 타 은행의 젊은 직원과 싸움을 하는 그의 모습이 힘이 되기보다는 마음 무겁고 우울했다. 이미 고용주는 없어졌고 새로운 경영진은 우리를 받을 수 없다고 했다. 퇴출 진행을 강제한 정부는 해당 은행과 우리 양측 당사자 간의 합의를 존중한다는 명분으로 빠져 있었다.

　연좌를 하는 가장자리에 앉아 몸을 약간 틀어 밖을 보았다. 칠월 한낮의 태양은 뿜을 수 있는 모든 열을 내뱉고 말겠다는 듯 거리를 달구었다. 시내 한복판인데도 은행 앞 보도에는 더위 탓인지 그다지 많은 사람이 다니지 않았다. 자동차만이 꼭꼭 창문을 닫은 채 열기를 더해가며 도로를 달리고 있었다. 은행 현관 너머 회전문을 통해 사람들이 바삐 드나들었다. 시내에서 제법 이름이 알려진 건물이었다. 이 건물 어딘가에서 근무하는 사람들은 하나같이 정장에 넥타이 차림을 하고 있었다. 건물 일층에 은행이 있으므로 통유리를 사이에 두고 우리들을 보는 그들은 그저 무심하게 건물 엘리베이터로 향했다. 남자 둘이 회전문을 밀고 들어섰다. 회전문 한 칸씩에 두 사람이 나란히 놓였다. 회전문 안에서 걸음을 내딛는 그들은 똑같이 찍어 나오는 노상의 국화빵 같았다. 회전문은 닫힘만 있고 열림은 없었다. 열리지 않는데도 들어오고 나가는 것이 가능했다. 그 기형을 사람들은 효율성이라고 말했다. 늘 닫혀 있으므로 안의 열기나 냉기를 빼앗기지 않았다. 삼복더위에도 절대 에어컨을 켜지 않는 부모님이 생각났다. 내 실직이 작은 일은 아니었지만 부모님은 내게 아무런 내색도 하지 않았다. 농성장보다는 선미가 말한 일자리가 내게는 더욱 필요하고 어울린다는 생각이 들었다. 길거리에서 땡볕을 받으며

하는 농성 일정보다는 냉방이 잘 되어 있는 곳에서의 오늘이
호사 중에 호사인데 나는 갇혀 있는 갑갑함에 고개를 숙인 채
깊은 한숨을 뱉었다.

　평일 저녁의 카페는 조용했다. 많은 사람으로 북적이지도
않고 사람이 지나치게 적어 신경이 쓰이지도 않았다. 혼자 앉
아 사람을 기다리기 적당하고 편안해 의자에 몸을 깊숙이 기
댔다. 여대 앞 언덕 후미진 골목 끝에 자리한 카페는 걸어서
한참을 들어와야 하는 불편을 빼면 늘 조용하고 아늑했다. 농
성을 시작하고 처음 찾는 카페는 여전히 안락했다. 카페의 테
이블 두 곳에 연인들이 자리하고 있었다. 즐겁고 아무 시름이
없어 보였다. 이제 청바지에 헐렁한 티셔츠나 남방 차림이 일
상이 되어버린 내가 갑자기 초라하게 느껴졌다. 농성을 하지
않을 때도 이런 캐주얼한 차림을 하지 않은 건 아니었다. 하
지만 그것과 편함만이 강조된 지금의 차림은 같은 차림이어
도 마음이 달랐다. 보너스를 타서 샀던 정장 스커트는 몇 번
입어보지도 못했다. 매끄러운 스타킹의 감촉과 그 매끄러움
에 미끄러지듯 하는 구두의 경쾌함도 새삼 생각났다. 갑자기
피곤함을 느끼며 가슴이 들어지도록 깊은 한숨을 쉬었다. 유
리창이 많은 조그만 카페에는 쇼스타고비치의 왈츠가 흐르고
있었다. 남녀 주인공이 바닷가 해송 아래에서 노을을 받으며

춤을 추는 영화 장면이 쉽게 연상되는 곡이었다. 오랜만에 듣는 음악에 몇 달째 부르고 듣는 투쟁가가 떠올랐다.

"한 곡 추실까요? 싸모님?"

명희가 등 뒤에서 몸을 굽혀 테이블을 톡톡 치며 능청을 떨었다. 잠깐 숙인 그의 어깨에서 깔끔한 향기가 스쳤다. 영화에서 여자 주인공이 남자 주인공에게 손을 내밀어 춤을 청하는 장면을 명희는 짐짓 흉내 내고 있었다. 이런 명희의 재기와 재치는 같이 있는 사람을 즐겁게 했다.

"오늘 힘들었니? 뭐 원하는 것 있으면 다 말해봐. 내가 기꺼이 오늘의 기쁨조가 되어줄 테니까."

피식 엷은 웃음과 함께 명희에게 앉으라는 눈짓을 했다.

"오늘은 차 말고 맥주 한잔하자."

무거운 마음을 꿰뚫기라도 한 듯한 명희의 말투가 평소보다 더 시원스러웠다.

"나 이제 싸움에 안 나갈 거야."

다짐을 확인이라도 하려는 듯 짧게 서둘러 내뱉었다.

태연한 척 하려는 명희의 표정이 묘했다.

"취직하려고."

카프리 병을 입에서 떼며 눈을 내리깐 채 말했다. 집안 형편이나 내 어려움이 구구절절 이어져 나올까 목소리는 낮았지만 틀어막듯 재빨리 말을 이어버렸다.

"언제 끝날지도 모르고 이제 땡볕에서 싸우는 것도 지치고 힘이 들어."

탁자에 놓인 맥주병만 손가락으로 만지작거렸다. 명희에게 마구 얘기를 할 수 있을 것 같았다. 나도 할 만큼 했다고, 나보다 훨씬 먼저 싸움에서 등을 돌린 사람들도 많은데 이 정도까지 했으면 된 거 아니냐고, 정에 이끌려 옴짝달싹 못하는 짓 이제 그만 하고 싶다고. 그러나 그런 말은 목구멍만 간지럽게 하고 소리로 나오지 않았다. 가슴에 바위가 얹힌 것처럼 갑갑하고 숨이 막혀 한숨만 커졌다. 명희가 그러면 안 된다고 말해주었으면 싶었다. 그런 배신은 하지 말라고 끝까지 양심을 저버리지 말고 싸우라고 말해주었으면 했다. 아니, 어쩌면 꼭 그런 것만도 아니었다. 이제 그만 해도 된다고 이제껏 최선을 다하지 않았느냐고 누구도 너를 나무랄 사람 없다고 무조건 지금의 나를 응원하는 위로를 바라는 것인지도 몰랐다. 명희는 아무 말도 하지 않았다. 나도 명희도 맥주를 마시지 않고 병을 만지작거리기만 했다. 또렷한 무엇을 기대한 것도 아닌데 상대방 마음을 거슬리지 않는 명희의 말없는 배려가 편하지만은 않았다.

현관에서 명희가 기다리고 있었다. 조그맣고 열악한 시민단체의 사무실 구조를 떠올렸던 내 생각에 비하면 건물 로비부터 제법 넓고 깔끔했다. 자신을 국장이라고 소개한 여자는 나보다 나이가 들어 보였고 가늘고 세련된 뿔테 안경에 단정한 카디건 정장을 하고 있었다. 냉방이 강하지는 않았지만 움직임이 없는 지극히 정적인 업무이기에 가능한 차림인지도 몰랐다. 엷은 화장과 앞머리까지 고르게 기른 단발머리가 지적인 이미지를 풍겼다.

"어떤 차를 할래요?"

커다란 미팅 탁자가 놓여 있는 방으로 나를 안내하고 탕비실이라고 적힌 블라인드를 밀면서 그녀는 손수 물을 올렸다. 딱히 어떤 차를 말하기가 뭐해서 나는 "아무거나"라고 말했다. 국장은 티백 녹차가 든 머그잔 두 개를 양손에 들고 다가와 내 앞에 하나를 놓고 마주 앉았다. 정식 면접을 보는 태도는 아닌 듯이 사는 곳과 은행에서 봤던 업무 내용을 자연스러운 어조로 물었으나 나는 약간 긴장이 되었다. 간단히 이곳에 대한 설명이 이어졌다. 만들어진 연혁과 여성들의 권익 신장과 인권 보호에 대한 지원이 절실하다는 원론적인 얘기들이었다. 텔레비전 고발 프로에서 매맞는 아내, 외도하는 남편 등 험한 얘기들을 많이 봐서인지 그다지 현장감이 느껴지지는 않았다. 오기 전에 명희에게 얘기 들었을 때보다 까닭 모를 거리감만이 확인되어 어색했다. 구성원이 모두 여자고 여성을 위한 일을 주요한 업무로 하는 곳이니 막연히 편안하리

라 생각했던 것과는 달리 내키지 않는 교회에 억지로 갔던 낯
설음 같은 것이 시간이 지날수록 커졌다.

"아, 명희가 말한 유경 씨구나."

화사한 파스텔 톤 분홍 스커트 정장을 한 여자가 들어서며
반색을 했다. 텔레비전에 나오는 여자 정치인들에게서 흔히
볼 수 있는 머리모양과 정장 스타일이었다.

"나 고윤정순이에요."

내미는 손을 잡고 악수를 하면서 나는 '아무개입니다'라고
내 이름을 밝히지 않았다. 부모 한쪽의 성이 '고'이고 나머지
한 성이 '윤'이기에 다행이라는 생각을 했다. 그렇게 붙여 부
르니 '고윤'이라는 거북하지 않은 성이 되었지 않은가. '정
순'이라는 이름이 주는 촌스러운 분위기까지 살짝 희석이 되
는 어감이었다. 그런 방식으로 내 이름을 조합해보았다. 따지
고 보면 가족의 생계를 나몰라라 하는 아버지나 오빠보다는
손에서 일을 놓아본 적 없는 엄마 성을 쓰는 것이 공평하다면
공평하고 옳다면 옳은 일이라는 생각이 들었다. 부모님 성을
합해 박최유경. 살짝 헛웃음을 터트릴 뻔했다. 엄마와 아버지
의 성을 나란히 평등하게 쓰는 효도는 아무래도 내게는 무리
였다. 딱히 엄마의 성을 따라 고칠 만큼 아버지가 밉거나 엄
마가 자랑스럽지도 않았다. 문득 내가 어릴 적 경험한 살만한
집 아이들의 부모 모습을 하고 있는 안정된 중년의 느낌을 주

는 고윤정순 대표의 부모 모습이 궁금했다.

내가 맡을 업무는 재정과 관계된 것이었다. 명희 말대로라면 최근에 정부 보조금과 일반 후원금 회원들의 회비, 외국의 여성단체에서 기탁하는 기부금 등 적지 않은 규모의 재정 실무를 믿고 맡길 사람이 필요하다고 했다. 명희의 간곡한 설득도 있었지만 선미가 얘기한 대형 마트의 계산대보다는 어느 모로 보나 괜찮고 의미도 있는 일이었다.

"유경 씨, 아름다운 커피라는 말 들어봤죠? 공정무역."

고윤정순 대표의 물음에 나는 당황했다. 까칠한 맨얼굴에 랜드로바를 신은 여성 활동가를 생각한 것은 아니었지만 이렇게 정치인이나 여류 명사와 같은 분위기를 풍길 것이라는 생각 또한 하지 못했다. '아름다운 커피'라니 커피를 마시는 우아함을 에둘러 말하는 건가. 커피라는 것이 맛 때문인지 향 때문인지 분위기와의 연관성을 떼고 말할 수 없는 것이니 그런 전반적인 것들을 통틀어 아름답다고 하는 것인가. 아니면 의미 부여를 중요시하는 사람들답게 커피나 차를 마시며 사람들을 만나거나 모임을 하기 마련이니 그런 면을 아름답다고 칭하는 것인지 알아차리기 어려웠다. 전혀 중요하지 않을 것 같은 질문이었으나 의도를 파악할 수 없어 나는 의기소침해지려 하고 있었다.

"아뇨."

복잡한 생각에 반발처럼 짧게 대답이 나왔다.

"아직까지는 그렇죠. 일반적으로 많이 알려지지 않았으니까."

국장이 거들었다. 일단은 몰라도 된다는 뜻이니 나쁠 건 없었다. 국장의 설명이 이어졌다. 커피는 이미 전세계적인 음료가 되었고 대부분의 사람들이 하루에도 여러 잔의 커피를 무심코 마신다. 그런데 그 커피에는 제3세계 사람들의 피와 눈물이 배어 있다. 커피가 생산되는 곳의 노동자들과 어린이들은 전세계적으로 수출을 하는 커피의 이익을 전혀 받지 못하고 장시간 노동과 착취에 시달린다. 그 이익은 알려진 미국 위주의 유명한 커피 브랜드를 가진 중간 상인들의 몫인 것이다. 국장은 눈매까지 촉촉해지며 자못 심각하고 진지하게 설명했다.

"우리가 사는 커피가 만 원이라면 그것을 생산하는 어린이나 노동자에게는 이백 원도 채 지급되지 않거든요. 그래서 커피를 생산자와 직거래하고 그들에게 제값을 지불하자는 운동을 벌이고 있어요. 그렇게 붙여진 이름이 아름다운 커피예요. 이를테면 스타벅스처럼 브랜드를 하나 만든 거죠."

이 단체의 재정을 충당하는 제법 큰 규모의 수익 사업 중 하나라고 했다. 눈매가 젖을 듯 찬찬하게 말하던 국장은 나와 눈을 마주치며 소리 내지 않고 함박 웃었다.

"생각이 앞서 있는 사람들부터 그런 착취의 고리를 끊는 일에 동참하고 실천해야겠죠?"

고윤정순 대표도 고개를 끄덕이며 간간이 의례적인 미소를 짓고 있었다. 두 사람은 내내 미소를 짓고 있었으나 누구보다 커피를 즐기는 나는 무언가 질책을 받고 있는 것 같은 민망함을 느꼈다.

면접을 통해 내가 특별히 답한 것은 없었지만 복잡한 재정 실무를 믿고 맡길 수 있는 담당자로 두 사람은 나를 정한 것 같았다. 아침에 본 신문 기사가 새삼 맘에 걸렸다. 동료들과 가슴에 리본을 단 김 과장의 연행 여부도 궁금했다. 나는 명희에게 그들의 안부를 묻지 않았다. 명희와 고윤정순 대표 그리고 국장까지 세 사람이 동료가 될지도 모를 나를 엘리베이터 앞까지 배웅했다.

어떤 물건이든 꼼꼼하게 따져 비교해보고 할인 매장의 호객 행위나 물건을 하나 사면 하나 더 주는 등의 사은 행사에도 현혹되지 않는 나는 제법 현명한 소비자라고 자부해왔다. 물론 커피도 예외는 아니었다. 그리고 나 또한 황당한 해고 처분에 억울해 하는 월급쟁이 노동자의 처지이고 보면 그네들의 말은 옳았다. 알았으면 실천을 하고 살아가는 것이 맞았다. 아름다운 커피의 취지에는 충분히 공감했으므로 구입하기로 마음을 먹었다.

종각에서 안국역으로 이어지는 길 중간쯤 건물 이층에 있
는 아름다운 커피 매장에 들렀다. 진열되어 있는 커피는 아름
다운 커피 외에도 여러 종류들이 있었다. 한 번도 들어본 적
없는 커피 이름과 포장이었다. 가격과 함께 붙어 있는 간단한
설명과 원산지를 보아야 그나마 조금 알 수 있었다. 나는 시
중에서 파는 커피와 용량이 같을 때 얼마만큼의 가격 차이가
나는지가 정작 궁금했으나 그것을 비교할 방법은 없었다.

맥도날드나 스타벅스 같은 브랜드의 좋은 점은 맛에 있어
실패하지 않는다는 점이었다. 우리 동네 맥도날드에서 마시
는 커피와 종로 맥도날드에서 마시는 커피 맛이 많이 다르지
않으니 같은 돈을 내고 내가 원하는 맛과 다를까 염려하거나
생각했던 맛이 아니어서 낭패를 보는 일은 없었다. 그런 안전
성 때문에 나는 패스트푸드 체인을 이용하게 될 때가 많았다.
취지가 아름다운 '아름다운 커피'는 생각보다 저렴하지 않은
것 같았다. 정확한 비교를 할 수는 없었지만 시중의 같은 용
량의 커피보다도 비싼 것은 어렵지 않게 짐작할 수 있는 가격
이었다. 가장 용량이 작고 저렴한 것으로 한 봉을 구입했다.
맛도 가격도 믿는 수밖에 없었다. 맥심으로 대표되는 인스턴
트 커피에 비한다면 훨씬 큰 가격 차이가 날지도 모른다는 생
각이 들었지만 속지 않을 것이라는 신뢰감과 옳은 일의 실천
에 동참한다는 생각으로 지갑을 열었다. 아주 멀리 있는 동티

모르나 인도네시아에서 커피를 생산하는 어린이들에게 내 실천이 전해진다는 조그만 자부심도 생기는 것 같았다.

한낮의 무더위에 비해 저녁 공기는 견딜 만했다. 선미가 일하는 마트에는 입구 앞에 커다란 의자들이 놓여 있어서 숨을 고르며 쉬기 좋았다. 자가용이 없는 사람들이 양손에 마트 로고가 찍힌 노란 봉투 가득 물건을 채워 들고 나오거나 거기에 앉아 이야기를 나누는 모습은 풍요로워 보였다. 색을 맞춘 파라솔과 나무 그늘이 여유로움을 느끼게 했다. 주차장을 오르는 길이 그 옆으로 나 있었다. 차들이 쉴 사이 없이 나오고 들어가고 있었다. 나는 길을 건너 마트로 들어가려고 휴게 공간과 주차장 진입로 사이의 신호 대기 앞에 멈춰 섰다. 여자 안내원이 빨간 정장 제복에 흰 장갑을 낀 양손을 반짝반짝 돌려가며 오고가는 차들에게 수신호를 보내고 있었다. 얼굴에 쉼없는 미소를 짓고 수신호를 보내고 나서 배꼽에 손을 얹은 채 공손히 인사하기를 반복하는 모습이 프로그래밍이 잘 된 인형 같았다. 내가 서 있는 맞은편에서 엄마 손을 잡고 신호를 기다리던 아이가 신기한지 안내원에게서 눈을 떼지 못하고 있었다.

특별히 물건을 살 생각으로 들어오는 것이 아닌데도 매장에 들어서면 미묘한 흥분에 기분이 약간은 달뜨게 되었다. 진열대로 가서 물건을 볼까 하다가 매장 한쪽의 휴게 공간으로 발길을 돌렸다. 선미는 휴게 의자에서 종아리를 주무르며 나를 맞았다.

"종일 서 있으니까 다리가 매일 코끼리 다리야."

뽀얗다고 생각한 선미의 얼굴은 각질을 완강히 감춘 덧바른 화장 밑으로 피로를 여실히 드러내고 있었다. 오늘 뉴스를 보았다면서 선미는 농성에 참여하고 있을 나를 걱정했다. 그 자리에 없었다고 간단히 대답했다.

"김 과장님 구속될지도 모른다면서?"

내가 빠진 며칠간 긴박하게 변화된 상황을 선미는 나보다 더 잘 알고 있었다. 농성이 길어지면서 소위원회들이 만들어지고 그 중 하나를 김 과장이 맡게 되었으니 그럴 만도 했다. 아침에 면접을 보기 위해 신경 써서 엷게 한 화장은 거의 지워지고 없었다. 그런데도 나는 잘못하다 들킨 사람처럼 얼굴과 차림이 선미에게 눈치 보였다.

"뭐 사려고?"

선미의 물음에 선뜻 대답이 나오질 않았다. 인스턴트 커피를 마시는 내가 아름다운 커피를 마시려면 그라인더와 드립퍼가 필요했다. 한창 유행하고 있는 자동머신을 장만하면 유명 커피전문점과 같은 커피를 마실 수도 있을 것이었다. 그렇지만 엄두조차 내기 어려운 비싼 가격이었다. 입에 맞을지 꾸준히 마시게 될지 장담을 할 수 없으니 커피메이커 정도도 낭비가 될지 모를 일이었다. 선미는 자판기에서 커피 두 잔을 뽑아 들고 왔다. 내게 하나를 건네며 매장 안에서 이곳 커피가 가장 맛있다고 말했다. 익숙한 향만으로도 앞에 놓인 커피의 맛이 어떨지 알 것 같았다. 종이컵을 쥔 선미의 손에 묻은 잔때와 하얗고 맑지 않은 손톱에서 일과의 고단함이 느껴졌다. 온갖 물건을 들어 바코드에 찍으려면 그럴 만도 할 터였다. 아름다운 커피가 든 가방을 어깨에서 내렸다. 자판기 커피를 한 모금 넘기며 한 손을 가만히 가방에 얹었다. 무릎 위에 놓인 가방 속에서 커피 알갱이가 자기들끼리 부딪치며 달그락 소리를 낼 것 같았다. 아마도 한참은 아름다운 커피를 마시기 어려울지도 모른다고 생각했다.

공공재로서의 문학, 민주주의로서의 미학

장성규(문학평론가)

1.

흰히 '문학'은 전문적인 문학 이론을 배우고 체계적인 창작 실습을 거친 사람들의 몫으로 간주된다. 그러니까 '작가'는 일정 수준 이상의 지적·문화적 자본을 획득하고, 문단으로 대표되는 문학장(場) 내부의 '예술의 규칙'을 습득한 사람으로 한정되는 셈이다. 바꾸어 말하면, '문학'은 누구나 쓸 수 있는 글이 아니라 특정한 소수에게만 허용된 글로 자리 잡은 셈이다.

사실 이러한 부당한 '편견'은 꽤 오래된 나름의 역사성과 물질성을 지닌 것이기도 하다. 한국근대문학이 일본을 경유하여 영문 'literature'가 '문학(文學)'으로 번역되는 장면에서 시작된다는 사실은 이를 상징적으로 보여준다. 이는 일차적으로 한국근대문학의 담당층이 일본 유학을 경험한 소수 엘리트층에 국한된다는 사실을 보여준다. 그뿐만이 아니다. 나아가 한국어로 표현되는 한국근대문학을 창작하기 위해서는 한국어뿐 아니라 일본어, 나아가 'literature'로 표상되는 영어까지 읽고 쓸 수 있는 능력이 요구된다는 사실 역시 보여준다. 이러한 문학사는 기실 지금까지 지속되고 있는 바, 현재에도 거의 모든 작가들이 아카데미에서 체계적인 방식으로 지적·문화적 자본을 습득한 이들이며, 나아가 문학장의 메커니즘을 확대재생산하는 과정에 편입된 이들이라는 점에서 확인 가능하다.

이러한 문학 개념은 결과적으로 문학을 몇몇 소수의 것으로 한정 짓는 문제를 낳는다. 그 결과 문학은 일종의 문화적 구별 짓기의 기제로 작동하거나, 종종 지적 위계서열화를 재생산하는 매개로 전락하기도 했다. 이 과정에서 문학이 마치 공기나 물처럼 계급과 성, 인종과 교육 정도를 막론하고 모든 사람들이 향유할 수 있고, 또 모든 사람들이 창작할 수 있는 공공재로서의 성격을 지닐 수 있다는 급진적인 미학적 상상력은 급격히 위축되었다. 몇몇 급진적인 문학이론가들이 이른바 하위주체(subaltern)의 입장을 텍스트에 형상화하기 위한 미학적 기획을 실험했으나, 이 역시 근본적으로는 문학장에 진입한 소수의 이들이 문학장에서 배제된 다수의 목소리를 '대변' 하겠다는 문제설정을 벗어나지는 못했다. 결국 누구나 읽고 쓸 수 있는 글로서의 '문학' 의 상은 한국근대문학의 전개 과정에서 '완전히' 배제된 것이다.

2000년대 이후 문학장에서 진행된 여러 논의들은 아쉬운 감이 있다. 예컨대 문학과 정치의 관계에 대한 논의가 치열하게 진행되었지만, 주된 논점은 감성의 분할과 텍스트의 언어의 층위에 집중되었다. 여전히 문학은 소수에게 독점된 것으로 전제된 상태로 논의가 진행된 것이다. 근대문학의 종언에 대한 논의가 치열하게 진행되었지만, 주된 논점은 근대성(modernity) 자체에 대한 이론적 층위에 집중되었다. 여전히 근대문학의 담당층은 근대성을 미학적으로 체득한 소수로 한정된 상태로 논의가 진행된 것이다.

물론 여전히 진보적 문학의 새로운 상을 꿈꾸는 우리에게 미학은 매우 중요하고 간절한 위상을 지닌다. 당연하게도 미학 없는 텍스트는 그 의미를 상실하기 때문이다. 그러나 이때의 미학은 기존의 엘리티즘적인 성격을 벗어난 성격의 것으로 재설정될 필요가 있다. 무엇보다 공공재로서의 문학이라는 개념에 기반을 둔, 그리하여 소수에게 독점된 문학을 해방시키기 위한 민주주의로서의 미학이 필요한 시기이기 때문이다.

2.

신수원의 소설집 『오리 날다』를 지배적인 미학 이론의 틀
로써 설명하는 것은 큰 의미를 지니지 못한다. 지배적인 미학
이론 자체가, 앞서 서술한 것처럼 소수의 지적·문화적 엘리
트 층만을 문학의 담지자로 설정하고 있기 때문이다. 따라서
신수원의 소설을 온전히 읽기 위해서는 '다른' 문학과 미학
의 틀을 적용시킬 필요가 있다. 이러한 고민은 예컨대 식민지
시대 발표된 다음과 같은 작품을 어떻게 읽을 수 있을까에 대
한 고민과 상통한다.

"여보게 난 아무것도 못지엇네 나만흔게 뭘 연필때에 춤을 발
나가면서 그걸쓰갓나 또 무슨쓸게잇나"
일룡이는 미리 방패막이를 해둔다.
"형님원 별말슴 다-하시우 형님것흔 소설쓴이안쓰구 누가쓰
겟소?"
원찬이가 일룡이 말을밧는다.
"내가 뭘쓰겟나 계집질을해서 사랑소리를쓰겟나 집살림이 꿩
장혀서 집이야기를쓰겟나 뭘쓸게잇서야지 쓰지"
일룡이의 이말은 인호가가로막허대답한다.
"그런말씀두 하나요 부자사람은 부자살림을쓸게구 가난뱅이

는 가난뱅이이야길쓸게지 또형님이야 지금 태양고무의 화부가아

니요?벌서 근십년을 화부로 늙어온이가 화부이야기를쓰면 좀좃

켓소 뽀이라—이야기며”

—김남천, 「문예구락부」, 《조선중앙일보》, 1934. 1. 29.

식민지 시대 공장의 '문예구락부'를 다룬 위 작품에서 "화부"(보일러공)인 "일룡"은 "소설"은 "사랑소리"나 "집이야기" 같은 것이라고 말한다. 반면 인호는 "근십년을 화부로 늙어온이가 화부이야기를쓰"는 것이 바로 "소설"이라고 말한다. 즉 인호는 소설이 다름 아닌 자기 자신의 이야기를 자연스럽게 서술하는 글쓰기 형식이라고 말하고 있는 셈이다. 이러한 관점에서 자신들의 소설을 "부자사람"들의 관점에서 평가하는 것은 아무런 의미가 없다. 중요한 것은 "가난뱅이"로서의 자기 이야기를 표현하고 이를 통해 다른 이들과 함께 삶에 편재된 고통을 공유하며 그 극복의 가능성을 모색하는 것이다. 따라서 이들이 당시 노래 가사를 바꿔 쓰는 행위를 수행하는 장면은 주목을 요한다. 이들에게 익숙한 노래 가사를 자신들의 삶에 입각해 재해석하며 다시 쓰는 행위는, 곧 지배적인 발화 양식을 하위주체의 입장에서 능동적으로 전유하는 미학적 전략으로 평가될 수 있기 때문이다.

비단 위의 작품뿐 아니라 근대문학의 전개 과정에서 비록

아주 낮은 목소리지만, 소수에 의해 독점된 문학이 아닌, 모든 이에게 평등하게 열린 공공재로서의 문학을 위한 미학적 전략의 가능성을 보여주는 사례는 적지 않다. 예컨대 위의 작품에 등장하는 자기 이야기의 논픽션적 서술이나 대중가요 가사 바꿔 쓰기, 지배담론의 전유나 폐기, 전통적인 발화 형식의 복원과 하위주체성의 부각을 위한 언어적 스타일의 구사 등이 이에 해당할 것이다.

신수원의 소설집을 온전히 읽는 방식 역시 이와 유사한 미학적 틀을 통해서 가능하다. 그녀의 소설이 공공재로서의 문학을 지향하는 구체적인 산물이며, 이는 곧 민주주의로서의 미학의 틀로써 그 의미를 획득할 수 있기 때문이다. 따라서 예컨대 다음과 같은 장면은 충분히 주목될 필요가 있다.

그들이 점점 더 가까워질수록 내 머릿속을 가득 채우는 것은 아직 처리하지 못한 오리변기에 대한 생각이었다. 나는 잠꼬대로도 중얼거릴 비정규직 철폐 구호도 광장에 모인 사람들의 시선도 잊은 채 묽은 배설물이 담긴 오리변기를 어떻게 해야 할지 몰라 허둥댔다. 내가 탑에서 끌려내려가면 오리변기는 이 형사에게 또는 이 형사 옆의 저 사복에게 아니면 철탑을 철거할 누군가에게 모습을 드러내게 되리라. 수치스러움에 눈을 감았다. 몸이 떨렸다.

—「오리 날다」, 36~37쪽

위의 작품은 고공농성을 벌이고 한 여성 노동자의 이야기를 논픽션 형식으로 재현한 것이다. 논픽션 형식은 픽션에 비해 현실의 핍진성을 극대화시켜 형상화할 수 있다는 장점을 지닌다. 우리는 여러 매체를 통해 신자유주의적 구조조정에 대한 담론을 수용한다. 그러나 이는 어디까지나 추상적인 '담론'의 형식을 지니기에, 그 폭력성은 구체적인 '실감'의 영역으로 진입하지 못한다. 반면 위의 작품에는 고공농성 중 배설물을 처리했던 유아용 '오리변기'라는 구체적인 대상과 이를 둘러싼 주인공의 내면이 절실하게 재현되어 있다. 이는 우리 주위의 노동자들이 실제로 경험한 이야기를 있는 그대로 재현한 것이기에 핍진성을 획득할 수 있다. 여기에 농성 중에 사용하는 구호와 현장의 긴박함을 드러내는 표현들이 작품에 그대로 삽입되면서 핍진성은 그 진정성을 보장받게 된다. 그리고 이를 통해, 우리는 비로소 추상적 층위의 신자유주의의 폭력성이 아닌, 삶의 결을 무너뜨리는 구체적인 물질로서 신자유주의의 폭력성을 실감하게 된다.

나아가 신수원은 '빼앗긴 말'들을 되찾고자 하는 예민한 자의식을 표출한다. 우리는 너무나 많은 말들을 빼앗겼다. 87년을 경유하며 시민권을 획득한 '민주주의'라는 말은 부르주아 제도 정치에 의해 포획되었으며, 90년대 분할 통치에 저항하며 생성한 '연대'라는 말은 보수정치 분파 내의 담론 경쟁에 의해 그 의미가 훼손당했다. '저항'이라는 말은 이제 소극적 층위에서의 불만을 토로하는 행위로 그 의미가 축소당했으며, '진보'라는 말은 제도에 편입된 몇몇 정치인들의 후일담으로 모욕당했다.

말을 빼앗겼다는 사실은 곧 '발화하는 존재'로서의 주체성을 박탈당했음을 의미한다. 그리고 이것이 공공재로서의 문학이 빼앗긴 말들을 되찾는 투쟁에 참여해야 하는 이유이기도 하다. 이런 맥락에서 「전국노래자랑 마니아」는 꼼꼼한 독해를 요구하는 작품이다.

텔레비전에서 무슨 다큐멘터리가 나오고 있는 것 같았는데 과거 운동권 사람들의 인터뷰가 방영되고 있었다. 우리 시대의 진보 어쩌고 하는 제목이었다. 비정규직 문제와 해고된 학습지 교사들의 상황도 자료 화면과 함께 다뤄졌다.

"큰언니도 인터뷰 했어야 하는 거 아냐?"

학습지 방문교사들의 일이라면 누구보다 잘 알고 있을 큰언니였다.

"난 삼팔육이 아니야."

큰언니는 혼잣말처럼 짧게 말했다. 인터뷰를 보며 지나는 말로 가볍게 물었는데 담담한 듯했지만 큰언니의 분위기가 사뭇 진지했다.

—191쪽

250

현재 한국 사회에서 "삼팔육"이라는 말은 일종의 상징자본으로 통용된다. 80년대 변혁의 시기를 겪은 이들 "삼팔육"은 한편으로는 당대의 정치적 저항성을 담지한 세대를 통칭하는 말이지만, 동시에 이제 기성세대가 되어 한국 사회의 기득권을 장악한 세대이기도 하다. 문제는 "삼팔육"은 어디까지나 80년대에 대학에 입학한 이들을 일컫는 용어라는 사실이다. 바꾸어 말하자면, "삼팔육"이라는 말은 곧 80년대 변혁운동에 참여한 대학생 신분이 아닌 많은 이들의 이름을 소거시킨 채 만들어진 기호일 따름이다. 따라서 누구보다 치열하게 그 시대를 살았으며, 지금도 저항과 연대의 가치를 추구하는 "큰언니"는 이로부터 배제당한다.

엄밀히 말해서, 이른바 "삼팔육" 담론은 80년대 변혁운동을 지적·문화적 엘리트 층의 전유물로 한정 짓는 부정적인 효과를 낳는다. 당시는 물론 현재까지 현장에서 투쟁하는 이들의 목소리는 '80년대 학번'이 아니라는 이유로 담론장에서 추방당한다. TV 시사토론 프로그램에 등장하며 시민권을 획득한 "삼팔육"에서 "큰언니"의 목소리는 찾을 수 없다.

그렇다면 우리는 어떻게 빼앗긴 말들을 되찾을 수 있을 것인가? 신수원은 그에 대한 답의 일단을 다름 아닌 "전국노래자랑"에서 찾는다. 이 작품에서 '전국노래자랑'은 'TV 시사토론 프로그램'과 대비되며 그 의미를 획득한다. 시사토론 프로그램이 추상적 심급의 박제화된 진보와 저항에 대한 발화를 상징한다면, 전국노래자랑은 구체적인 서발턴들의 날것 그대로의 발화를 상징한다. 신수원의 언어는 정확히 이 지점에서 출발한다. 다시, 발화하는 존재로서의 '주체'를 복원하기 위한 기획은, "삼팔육"의 언어와는 다른 카니발적인 언어로부터만 가능할 것이기 때문이다. 그리고 이러한 사실은 녹화된 '전국노래자랑'에 대해 "전국노래자랑은 현장감이 제일인데 아무래도 생동감이 떨어"(178쪽)진다는 "큰언니"의 말로부터 추출된 것이기에 진정성을 획득할 수 있는 것이기도 하다. 그러니, 어쩌면 '전국노래자랑'은 "삼팔육"의 'TV 시사토론 프로그램'의 추상성과 관념성을 극복할 수 있는 다른 언어의 가능성을 잠재한 것일는지도 모른다.

이러한 언어의 가능성은 추상적인 미학 이전에, 구체적인 삶에 대한 천착으로부터 추출되어야 한다. 신수원은 이 점을 충분히 인지하고 있다. 그녀의 소설을 통해 지배적인 담론장에서 추방된 이들의 말은 다시 그 시민권을 획득하게 된다. 예컨대 「용용 죽겠지」에서 부당해고에 맞서 싸우던 중 죽은 아버지에 대해 "사람들이 이것저것 가져다 붙여 하는 말"(78쪽)은 큰 의미를 지니지 못한다. 오히려 "무엇도 내 마음을 딱 맞게 표현하는 것은 없다는 점만 분명"(79쪽)하다는 사실을 인지하고 있는 아들의 말이야말로 다른 언어를 가능케 하는 조건이다. 같은 맥락에서 무거운 삶 앞에서 "죄의식 따위를 느끼는 건 사치스러운 짓이라고 생각"(「내 이름 도우미」, 160쪽)하는 노래방 도우미나 "빨간 막대와 초록 막대가 올라가 있는 이 달의 실적표"(「카니발이 필요한 이유」, 202쪽)로는 환원될 수 없는 보험 판매원의 말로부터, 우리는 다시 공공재로서의 문학과 민주주의로서의 미학의 가능성을 추출할 수 있을는지도 모른다.

3.

이렇듯 신수원은 논픽션 양식의 사용과 지배적 발화 규범의 전복을 통해 빼앗긴 말들을 되찾는 공공재로서의 문학의 상을 모색하고 있다. 그리고 이는 무엇보다도 구체적인 삶에 대한 천착으로부터 이루어진 것이기에 그 진정성을 획득한다. 나아가 그 모색은 민주주의로서의 미학과 결합될 때 더욱 풍성한 성과를 낳을 수 있을 것이다.

기실 작품들에서 몇 가지 사소한 아쉬움이 남는 것도 사실이다. 특히 개인적으로는 윤리적인 '시민'들과의 연대의 가능성을 지나치게 좁게 설정한 것은 아닌가라는 의문이 들기도 한다. 예컨대 「아름다운 커피」에 등장하는 공정무역 커피

에 대한 비판이 그렇다. 물론 신수원의 말처럼 공정무역 커피
는 당장 현장의 삶에 충실한 이들에게는 어울리지 않는 취향
일는지도 모른다. 하지만 변혁이 얼핏 사소해 보이는 일상에
서부터 시작되는 것이라면, 그리고 일상적인 소비 행위에도
정치적 메시지가 투영되어 있다면 공정무역 커피로부터 삶의
패러다임을 아주 사소하게나마 바꾸려는 의지와 연대하지 못
할 이유가 있을까 싶기도 하다. 더불어 몇몇 작품들에서 두드
러지는 '후일담'에 대한 비판이, 역으로 사소한 소시민들과
의 연대를 봉쇄하는 기제로 잘못 사용되지는 않을까 하는 기
우도 든다.

　　그러나 이러한 아쉬움은 적어도 신수원에게는 사소한 것임
이 분명하다. 적어도 그녀는 빼앗긴 말을 되찾으려는 의지로
충만해 있으며, 이로부터 공공재로서의 문학을 복원하기 위
한 실험은 이제 막 시작했을 따름이기 때문이다. 언젠가 다
시, 민주주의로서의 미학을 이야기할 때 그녀의 작품을 만날
수 있기를 바라는 까닭이다.

소설을 쓰기 시작하면서 얼마간 자유로웠다.

말을 시작하면 원래의 의도와는 달라질 때가 많았다. 부족하다 싶어 말을 더하면 더욱 본래의 뜻과는 멀어지기도 했다. 애써 다잡으려고 해도 어느새 그 자리에는 세상의 또 다른 말들이 쏟아져 있었다. 늘 말을 놓치고 말에 밀렸다. 말의 홍수 속에서 수정도 정정의 기회도 어려웠다.

언제부턴가 자연스럽게 말에 대한 기대가 줄었다. 그 즈음 소설을 쓰기 시작했다.

글을 쓰는 친구가 있어 무조건 좋다는. 새가 모이를 나르듯 이런 삶이 있다, 사람들 이야기를. 이런 일도 있더라 세상 이

야기를. 마주할 때마다 꾸준히 전해주며 기꺼워하는 가까운
이들 고맙다.

　태어나 처음으로 마련한 텃밭에서 일군 첫 수확을 나누는
마음이다. 조금 민망하고 뜻깊다.

2013년 연둣빛 봄

신수원